UN BON TOUR

DE VIEILLE TANTE

SUIVI DU JEUNE PATRIOTISME.

UN
BON TOUR
DE VIEILLE TANTE

COMÉDIE EN TROIS ACTES

SUIVI DU JEUNE PATRIOTISME

PAR

CONSTANT PORTELETTE,
Professeur au lycée impérial de Lille, etc.

PARIS
LIBRAIRIE DE P. LETHIELLEUX,
Rue Bonaparte, 66.

TOURNAI
LIBRAIRIE DE H. CASTERMAN,
Rue aux Rats, 11.

H CASTERMAN
ÉDITEUR.
1860

UN

BON TOUR DE VIEILLE TANTE.

COMÉDIE.

PROLOGUE[1].

LA LEÇON DE DÉCLAMATION.

Je ne sais ce que l'on attend,
Et je crois qu'il vaudrait autant
Mettre à profit, si bon vous semble,
Le temps perdu. Causons ensemble.

(Elle s'assied).

Peu vous importe qui je suis,
Si je dis bien ce que je dis.
Ecoutez ! je vais vous instruire.
Ce n'est pas bien poli de rire.
Que la raison se fasse enfant,
Cela n'a rien d'ébouriffant,
Quand plus d'une grande personne,
Que nous connaissons, déraisonne.

Concernant l'éducation,
J'ai fait une observation ;

(Elle se lève).

[1] Pour une jeune fille de 10 ans.

Car, depuis très-longtemps l'étude
Eveilla ma sollicitude :
L'aimable enfance me paraît
Mériter mon vif intérêt.

(Air de docteur, le pouce et l'index de la main droite arrondis, les rimes qui suivent, prononcées d'une manière sifflante).

Or, il est une négligence
Qui rend impossible, je pense,
Le travail de l'intelligence,
Et qui supprime l'influence,
Que, sur la raison de la France,
Exerceraient nos grands auteurs,
S'ils trouvaient d'habiles lecteurs.
De l'importance, en la lecture,
Du débit et de la figure,
Messieurs, quel sujet de discours !
Par malheur, les moments sont courts.
On m'écouterait, je m'en flatte,
Mais ma poitrine est délicate :
Je ne dirai que quelques mots,
Si vous le trouvez à propos.

(Elle s'assied).

On ne comprend pas l'importance,
Et voilà pourquoi je vous tance,
Primo, de la correction,
Dans la prononciation ;
Secundo, de la chaleur d'ame,
Qui, seule, fait que l'on déclame.
Prenez le bon sens de ce mot,
Qu'on ne lit pas comme un marmot
Celui-ci, d'une voix dolente,

Engourdissante, somnolente,
Dit :

(Ce qui suit doit être prononcé de manière que la tête, comme un battant de cloche, se relève et retombe sur la poitrine, au commencement et à la fin de chacun des hémistiches de Racine).

Oui je viens dans son tem — pladorer l'Éternel.
Je viens selon l'usa — jantique et solennel,
Célébrer avec vous — la fameuse journée,
Où sur le mont Sina — la loi nous fut donnée.

(Elle reste un moment, les bras étendus tout du long, comme endormie, et fait entendre une espèce de ronflement ; puis, elle se relève vivement).

L'on croirait en vérité
Qu'il demande la charité.
Cet autre :

(Elle hausse les épaules de pitié, prend une pose ridicule, les jambes serrées l'une contre l'autre, les bras pendants le long du corps, et d'une voix si précipitée qu'elle finit par perdre la respiration :)

Maître corbeau sur un arbre perché tenait en son bec un fromage maître...

(Elle reprend haleine, de toute sa poitrine).

Renard par l'odeur alléché lui tint à peu près ce langage eh bonjour...

Hé ! bonsoir, ô machine !
Voyez l'effet de la routine ;
Admirez cet arbre perché !
Et sur quoi l'arbre est-il juché ?

(Elle s'apprête à déclamer ; elle se dirige, en haussant les épaules, vers le fond du théâtre, puis elle revient, les yeux

fixés sur une des branches d'un arbre imaginaire, qui serait sur le théâtre, à sa droite; elle commence, la main droite levée dans la direction du corbeau) :

Maître corbeau — sur un arbre — perché,

(Les mains jointes, les bras retombant plus bas que la poitrine, les yeux toujours vers le corbeau).

Tenait — en son bec —

(Expression de gourmandise et de convoitise, par le mouvement de la bouche).

Un fromage.

(Les yeux sur le public, se caressant le menton de la main droite).

Maître renard

(Mouvement des narines, pour exprimer le plaisir que procure une odeur agréable).

Par l'odeur — alléché, —

(Le bras droit vers le corbeau imaginaire, tout le corps de profil).

Lui tint, — à peu près, ce langage.

(Deux pas vers l'arbre, révérence).

Hé ! — bonjour, — Monsieur —

(Révérence).

Du

(Profonde révérence).

Corbeau.

(Se redressant, les yeux levés, les mains jointes sous le menton).

Que vous êtes joli !

(Les deux mains séparées, levées).

Que vous me semblez beau !

(La main droite sur le cœur).

Sans mentir,

(Deux pas vers l'arbre).

Si

(Regardant tour à tour le corbeau et les spectateurs avec un sourire).

Votre ramage

(Les deux bras tombants, les mains jointes bien bas).

Se rapporte à

(Les deux mains levées vers le corbeau).

Votre plumage,

(Les deux bras tombants : encore un pas vers l'arbre).

Vous êtes

(La main droite sur les lèvres, en signe de baiser).

Le phénix — des hôtes de ces bois !

(Les deux mains se joignent en même temps que les bras retombent, attitude qui exprime une affectueuse admiration : pause, et puis vivement) :

Et cœtera : c'est pour vous dire
Qu'on ne saurait nier l'empire
Qu'exerce l'élocution,
Grâce à la déclamation :
Et si cette maison céleste
Prend une allure un peu plus leste
Qu'à l'ordinaire, en ce moment ;
Si l'austère recueillement
Sourit, une heure, à l'étourdie
Qu'on appelle la comédie,

C'est que, dans cet amusement,
Tout rappelle efficacement,
Combien est sot et ridicule,
Niais, digne de la férule,
Le débit sans ame et sans cœur
D'un stupide profanateur,
Qui, sans respect pour le génie,
Que sa voix fausse calomnie,
Pour la raison, pour le bon sens,
Qu'étouffent ses airs languissants,
Ouvre, ah! je lui voudrais la grippe,
Un gosier qui fait prendre en grippe,
Alors qu'il les veut déclamer,
Ces beaux écrits faits pour charmer.

(Elle se lève).

Maintenant, que je vous explique
Notre pièce, c'est magnifique.
Le premier acte est affligeant,
Vous verrez l'amour de l'argent,
Et puis une assez triste chose,
Mais qu'il n'est pas mal qu'on expose :
C'est une piteuse façon
D'entendre l'éducation.
Une mère! après tout qu'importe?
Mais souffrez que je vous exhorte
A ne former de jugement
Que quand viendra le dénoûment.
Ce drame est de la bonne espèce,
Et voici le fond de la pièce.
L'habit rapé, l'air souffreteux,
Humilié, chagrin, honteux,
Une tante, une femme unique,
Va revenir de l'Amérique

Avec le gousset plein d'argent.
Elle a l'esprit intelligent,
Une prudence peu commune ;
Avant de livrer sa fortune,
Elle veut tâter ses parents
Qui pourraient être indifférents,
Non pas au trésor qu'elle apporte,
Il en est peu de cette sorte,
Mais... mais, puisque vous allez voir,
Je vous laisse avec cet espoir.
J'ai dit ce que je voulais dire,
Vous allez pleurer tous .. et rire !

AVERTISSEMENT.

A tout seigneur, tout honneur. Le fond de cette comédie n'est autre que l'*Habitant de la Guadeloupe*, ouvrage excellent de Mercier, représenté pour la première fois, à Paris, en 1786. Un prélat, dont la mémoire sera longtemps en vénération dans l'Aveyron, nous pria de faire les modifications convenables pour que cette pièce, si remarquable, de Mercier, pût être représentée par des jeunes filles, dans une maison d'éducation. La distribution des prix était proche, je n'avais pas encore pensé à composer de drames pour de pareilles circonstances, la prière qui m'était faite était un ordre pour moi, et je l'acceptai de tout mon cœur. Je n'ai tenu, dans ces quelques lignes, qu'à m'acquitter de ce que je dois à Mercier. Le lecteur qui tiendrait à comparer l'*Habitant de la Guadeloupe* et *Un bon tour de vieille tante*, jugera de la part d'originalité qu'il nous est permis de revendiquer dans cette œuvre. Nous n'hésitons pas, en nous appuyant sur Mercier, à la recommander à toutes les maisons d'éducation.

PERSONNAGES :

MADAME BONTEMPS.

MADAME DORTIGNI, sa nièce.

HORTENSE, fille de madame Dortigni.

MADAME MILVILLE, sœur de madame Dortigni.

SOPHIE, fille aînée de madame Milville.

AMÉLIE, seconde fille de madame Milville.

MADAME BOURSICAULT, femme d'un agent de change.

BRIGITTE, domestique de la famille Milville.

DOMESTIQUES de madame Bontemps.

DOMESTIQUES de la famille Dortigni.

UN
BON TOUR
DE VIEILLE TANTE.

ACTE PREMIER.

LA MAUVAISE ÉDUCATION.

Chez madame Dortigni. Riche salon. A droite, un secrétaire ouvert, chargé de papiers. A gauche, une table et des fleurs.

SCÈNE I.

Madame Dortigni. Hortense.

Toutes les deux, en superbe toilette. La mère, auprès du secrétaire, furetant dans les papiers; Hortense, auprès de la table, occupée de mille petits riens, de détails de toilette. Le journal du jour est sur la table.

MADAME DORTIGNI, *assise, avec rage.*

Allez, courage! Note de la couturière, note de la modiste, note du marchand de nouveautés, continuez, note du gantier, note du parfumeur ; coiffures par-ci, pommades par-là, et les savons, et les essences! six cents francs, mademoiselle, entendez-vous? six cents francs pour votre toilette, dépensés par vous, en un mois!

HORTENSE, *dépliant le journal froidement.*

Et, hier soir, cent écus, perdus au jeu, par vous, en quelques heures.

MADAME DORTIGNI.

Vous êtes une impertinente ; oublier ainsi le respect que vous devez à votre mère ! Est-ce là ce que vous avez appris à votre couvent ?

HORTENSE.

Je n'ai pas prétendu, ma mère, vous manquer de respect. Quant au couvent, je ne sais pas pourquoi vous m'en parlez. Il y a quatre ans que j'en suis sortie : vous m'avez dit d'oublier toutes les sornettes qu'on y débite ; nous en avons assez ri ensemble. Si j'ai encore un air de couvent, ce n'est ni de votre faute, ni de la mienne, je vous assure.

MADAME DORTIGNI.

On a dû vous dire, au couvent, mademoiselle, que votre premier devoir est de respecter votre mère.

HORTENSE.

Je ne dis pas le contraire, et, encore une fois, je ne veux pas vous manquer de respect. Mais vous ne cessez de me répéter qu'il n'y a que les sottes qui se laissent marcher sur le pied, qu'une femme doit avoir bec et ongles. Je ne veux pas que vous me preniez pour une sotte. A vrai dire, dans mon couvent, on passait sous silence cette partie du devoir des femmes ; mais je trouve qu'on avait tort, que vous avez raison, et je mets vos leçons en pratique.

MADAME DORTIGNI.

Ainsi, vous prétendez reprocher à votre mère...

HORTENSE.

Je ne prétends rien du tout reprocher. On est dans le monde pour se divertir. C'est là une de vos maximes. Je l'approuve; cette maxime est fort de mon goût. Chacun prend son plaisir où il le trouve. Vous me grondez de ma toilette, parce que vous êtes en colère, voilà votre seule raison.

MADAME DORTIGNI, *furieuse*.

C'est trop fort! Comment! je n'aurai pas les moyens de vous remettre à votre place? Parce que je suis en colère! Ah! si je ne me retenais! (*Explosion.*) Je vous dis que je ne suis pas en colère, mademoiselle.

HORTENSE.

Je me tais. (*Elle s'apprête à déplier le journal*).

MADAME DORTIGNI.

Est-ce que c'est pour moi que je joue?

HORTENSE.

Je n'ai pas eu un seul instant l'idée de vous reprendre, ma mère, à propos de vos pertes au jeu. C'est vous qui me reprochez ma toilette. Je vous ferai observer qu'il reste au moins quelque chose de l'argent que je dépense; de celui que vous perdez, que reste-t-il?

MADAME DORTIGNI.

Si je joue, c'est pour avoir de l'or, c'est pour te couvrir, ingrate! de soie, de dentelles, de rubis, de diamants. N'avoir qu'une fille, ne rêver nuit et jour que le parfait bonheur, la gloire, les triomphes de son enfant chérie, et se voir ainsi traitée! Je suis une mère bien malheureuse! (*Elle pleurniche*).

HORTENSE, *froidement*.

Est-ce que c'est pour moi que je m'habille? Quand vous m'avez retirée du couvent, vous m'avez assez plaisantée sur la ridicule simplicité de mon costume, et sur mes airs de parfaite pensionnaire. Vous aviez bien raison, vous m'avez dégourdie, vous m'avez rendu service. Qui jamais aurait, dans le monde, fait attention à moi, si ce n'est pour me tourner en ridicule, et vous par-dessus le marché? S'il suffit de ma toilette pour vous faire honneur, de quoi vous plaignez-vous?

MADAME DORTIGNI.

De quoi je me plains! Mais ces dépenses...

HORTENSE.

Ne vous ai-je pas cent fois entendu dire qu'il vaut mieux, dans ce monde, faire envie que pitié; ne m'avez-vous pas répété bien souvent que l'on ne manque jamais d'argent lorsqu'on paraît en avoir, qu'il faut sur toutes choses passer pour riche? Hier soir encore, vous me félicitiez de ma toilette.

MADAME DORTIGNI.

J'étouffe, je ne puis parler.

HORTENSE.

Il me semble que je ne puis mieux vous prouver mon respect qu'en n'oubliant rien de tout ce que vous me dites. Tous vos conseils sont gravés là. (*Elle met le doigt sur son front.*) Oh! je puis vous répéter toutes vos paroles; rien n'est perdu, j'en fais mon profit, je vous en réponds.

MADAME DORTIGNI.

Je ne vous ai jamais dit de gaspiller l'argent comme vous faites.

HORTENSE, *toujours très-froidement.*

Quand vous ne serez plus en colère, à propos de vos pertes d'hier...

MADAME DORTIGNI.

De mieux en mieux, je n'aurai pas le dernier mot! Confiez donc vos filles à des religieuses pour en faire des raisonneuses, des orgueilleuses, qui croient avoir plus d'esprit que tout le monde! Dire qu'il y a de ces couvents dans tous les coins de la France, et qu'on n'y a pas encore mis le feu!

HORTENSE.

On peut réparer l'accident d'hier soir, ce n'est qu'un accident, je vous en donnerai le moyen.

MADAME DORTIGNI.

Tu dis que ce n'est qu'un accident?

HORTENSE.

C'est un petit malheur; il n'y a pas lieu de se désoler ce n'était pas la peine de me faire une scène.

MADAME DORTIGNI.

Tu crois que le mal peut se réparer?

HORTENSE.

Très-facilement.

MADAME DORTIGNI.

Tu ne m'en veux pas, au fond du cœur, de l'argent que j'ai perdu?

HORTENSE.

A la condition que vous écouterez un bon conseil.

MADAME DORTIGNI.

Et moi, qui croyais que tu étais intérieurement irritée contre moi! Pauvre enfant! si je t'ai fait une scène, au fond, ce n'était que pour te faire parler, et précipiter ainsi les explications.

HORTENSE.

Je vous observais hier, pendant que vous teniez les cartes. Vous aviez affaire à des gens posés, réservés, à de froids calculateurs. Que j'ai souffert!

MADAME DORTIGNI.

Cher ange! que je t'embrasse! (*Elle se lève vivement, Hortense se lève de son côté, madame Dortigni lui saute au cou*).

HORTENSE, *froidement*.

Vous avez chiffonné ma collerette.

MADAME DORTIGNI, *à part, avec enthousiasme*.

Comme elle fait attention à tout! que de gravité et de raison! Je suis fière de cette enfant-là.

HORTENSE.

Il faut jouer avec les évaporés, les gens distraits, avec mon amie Artémise.

MADAME DORTIGNI.

C'est une bonne fille Artémise; j'aimerais mieux gagner l'argent d'une autre que le sien. C'est ton amie, tu l'aimes bien?

HORTENSE.

Beaucoup. Mais il faut qu'elle perde son argent; autant que ce soit vous qui en profitiez, que tout autre.

MADAME DORTIGNI.

Ce conseil vaut de l'or. (*A part.*) Elle a de l'esprit jusqu'au bout des ongles. Je jouerai avec Artémise. (*Elle va se rasseoir près du secrétaire; Hortense se rassied près de la table, et prend connaissance du journal*).

HORTENSE.

Cent quatre-vingt-cinq sur Hambourg, ma mère. (*Elle agite une sonnette qui se trouve sur la table.*) Ah! voyons: « Effets publics: 3 0/0 au comptant, premier cours, 68,5; plus haut 68,15; 4 1/2 0/0 au comptant, 93,55. Fin courant, 93,80. » (*Une domestique paraît.*) Enlevez donc ces fleurs; que voulez-vous que j'en fasse? A quoi cela sert-il ? (*Parcourant le journal.*) Des accidents de chemins de fer : c'est triste, ces accidents-là pourraient faire baisser nos actions. Des gens du peuple, qui rapportent des valeurs considérables, trouvées par eux dans des portefeuilles perdus ; les niais! L'Académie française... (*Elle déclame avec une emphase ironique ce qui suit.*) et les prix de vertu et le sempiternel Monsieur de Montyon ! — Qu'est-ce que je pourrais donc faire, moi, pour gagner un prix de vertu? Revue musicale, exposition de peinture, littérature, dire qu'il y a toujours des nigauds pour s'occuper de ces balivernes !

MADAME DORTIGNI.

Tiens! par exemple, voici une lettre curieuse que je retrouve en revisant mes anciens papiers. Elle date de près de vingt et un ans. C'est une lettre d'une tante à moi qui s'en est allée, vers ce temps-là, chercher, avec son mari, la fortune au Nouveau-Monde.

HORTENSE.

Une tante, un oncle en Amérique ! Et vous ne savez pas ce qu'ils sont devenus?

MADAME DORTIGNI.

Pas de nouvelles.

HORTENSE.

Et vous n'avez jamais pensé à prendre des informations ? Et s'ils ont fait fortune, et s'ils n'ont pas d'enfants? Qui sait ce qui pourrait en résulter pour nous?

MADAME DORTIGNI.

Ils n'ont pas pu faire fortune ; ni monsieur Bontemps, ni ma tante n'avaient ce qu'il faut pour celà ; ils ont végété là-bas où ils sont morts, probablement, à l'heure qu'il est.

HORTENSE.

Quelle considération, quelle vénération profonde j'aurais

pour un oncle, pour une tante qui reviendrait d'Amérique sans enfants !

MADAME DORTIGNI.

Et sans argent ?

HORTENSE.

Sans argent ! fi donc ! A quoi servirait cet oncle, ou cette tante ?

MADAME DORTIGNI.

Rassurez-vous. Je me rappelle avoir entendu dire, il y cinq ou six ans de cela, que ma tante venait de perdre son mari. Cette histoire m'intéresse si peu, qu'elle était tout à fait sortie de ma mémoire.

HORTENSE.

Et ma grand'tante, madame Bontemps, voyons, rappelez un peu vos souvenirs ; vous ne savez pas ce qu'elle est devenue ?

MADAME DORTIGNI.

Vous m'étonnez ; avec votre froide raison, je vous surprends à faire un château en Espagne, je me trompe, en Amérique, à propos d'une tante dont je n'ai rien à vous dire, si non que c'était, et que c'est encore, si elle n'est pas morte, la femme la plus originale des deux mondes.

HORTENSE.

Qu'importe une tante originale, veuve, sans autre enfant, peut-être, que son chien et son chat. Si elle revenait, le gousset garni, moi qui ne peux pas souffrir les animaux, de quelle tendresse je l'entourerais, ainsi que son intéressante famille ! Une tante a toujours ou un chien, ou un chat, souvent les deux agréments réunis. Ah ! chère tante ! chère grand'tante !

MADAME DORTIGNI.

Voulez-vous la connaître, un mot suffira : votre tante Milville, ma sœur, tenez, voilà son portrait ; les deux font la paire.

HORTENSE.

Dieu merci, ma tante Milville ne vous embarrasse plus de ses visites.

MADAME DORTIGNI.

J'espère bien que nous ne la reverrons pas de sitôt, non plus que ses deux petites marmottes de filles, qu'elle mène partout avec elle. Votre tante m'ennuyait fort, ma chère amie, avec sa morale en action. Elle semble dire : voyez comme je les élève, mes enfants, comme je ne les perds pas de vue, comme je veille sur leur innocence. Et cette mélancolie, et ces soupirs après son époux défunt !

HORTENSE.

Il faut être juste pourtant ; comment voulez-vous qu'elle emploie son veuvage ; son mari en mourant ne lui a rien laissé.

MADAME DORTIGNI.

Je le lui ai prédit, dans le temps ; je ne voulais pas de ce mariage ; j'ai eu beau lui répéter : ma sœur, il n'est pas riche, c'est le plus grand défaut pour un homme ; ma sœur, prenez garde. Elle me répondit : il est aimable, honnête, généreux, plein de franchise et de loyauté.

HORTENSE.

Enfin, des niaiseries, des choses qui ne sont d'aucune valeur réelle.

MADAME DORTIGNI.

Avec toute cette tendresse, et ces rares qualités, la voilà aujourd'hui reléguée à un quatrième, au-dessus de l'entresol ; et je ne sais même pas si elle n'est pas réduite, pour subsister, à travailler de ses doigts. Il n'y a pas de mal. La leçon ne peut guère lui profiter aujourd'hui, mais c'est bien fait.

HORTENSE.

C'est qu'elle est très-fière, ma tante Milville, au milieu de sa pauvreté. Pour moi, j'ai beau me mettre l'esprit à la torture, de quoi peut-on être fier quand on n'a pas le sou ?

SCÈNE II.

Les mêmes. Une domestique.

LA DOMESTIQUE.

Madame, il y a là, dans l'antichambre, une personne que j'ai voulu à toute force faire sortir ; j'ai eu beau lui répéter que vous n'êtes pas visible aujourd'hui ; impossible de la renvoyer. Je n'ai jamais vu de visiteur plus têtu ; c'est une personne qui veut vous parler de la part de madame Bontemps.

HORTENSE.

Ah ! par exemple, de madame Bontemps !

MADAME DORTIGNI.

Allons donc, vous êtes folle, Hortense.

HORTENSE.

Ma mère, j'ai toujours des pressentiments de tout ce qui doit m'arriver. Faites entrer.

MADAME DORTIGNI, *à la domestique.*

Un moment. Qu'est-ce que c'est que cette personne dont vous parlez ?

LA DOMESTIQUE.

Une mendiante qui a un chapeau.

MADAME DORTIGNI.

Une mendiante! à la porte, vite et tôt.

LA DOMESTIQUE.

A la porte, madame, c'est facile à dire. Sans doute, avec les autres personnes de votre maison, nous parviendrons, s'il le faut, à la jeter dehors, mais c'est une gaillarde qui paraît déterminée, et qui est dans le cas de faire un vacarme effroyable. Voilà trois quarts d'heure qu'elle est là, à nous répéter, qu'elle veut vous parler, de la part de madame Bontemps.

HORTENSE.

Vous entendez, ma mère, de la part de madame Bontemps.

MADAME DORTIGNI, *à la domestique.*

C'est bien là le nom qu'elle a prononcé?

LA DOMESTIQUE.

Ah! pour cela, madame, j'en réponds; si elle ne l'avait dit qu'une fois, j'aurais pu mal entendre; mais si elle ne l'a pas répété plus de cent fois! Dites à Madame, que je sollicite l'honneur de lui parler, pour lui donner des nouvelles de madame Bontemps, sa tante, que j'ai vue dernièrement, en Amérique.

HORTENSE.

Plus de doutes, ma mère, elle l'a vue, dernièrement, en Amérique. Faites entrer.

MADAME DORTIGNI, *à la domestique.*

Arrêtez. (*à Hortense*) Vous n'entendez pas que c'est une mendiante; ce n'est pas votre grand'tante qui est là, c'est une mendiante: que pouvez-vous attendre de gens de cette espèce?

HORTENSE.

Qui sait ? Elle l'a vue en Amérique ! Enfin, que risquez-vous à la faire entrer ? Je suis curieuse d'entendre ce qu'elle nous dira.

MADAME DORTIGNI, *à la domestique.*

Faites entrer. (*La domestique sort.*) Hortense, vous extravaguez, prenez gardé. Elle va nous dire que notre tante est morte. Après? Ou bien elle va nous demander des secours, en son nom.

HORTENSE.

Vous seriez bien attrapée, si c'était une tout autre histoire. Tenez, ma mère, encore une fois, j'ai des pressentiments, et jamais mes pressentiments ne m'ont trompée.

SCÈNE III.

Madame Bontemps. Madame Dortigni. Hortense.

(*Madame Dortigni et Hortense sont assises ; Madame Bontemps, introduite par la domestique, attend, pour parler, qu'elle soit sortie, et reste debout toute la scène*).

HORTENSE, *à part.*

Ah ! qu'elle est rapée la messagère de ma tante ! Dieu ! que c'est laid la misère ! Pouah !

MADAME DORTIGNI, *à madame Bontemps.*

Eh bien ! parlez, qu'avez-vous à me dire? (*Jeu de scène. La mère et la fille insolemment renversées sur leur fauteuil, et tournant le dos à l'inconnue ne la regardent qu'à la dérobée. La domestique tarde à se retirer. Madame Bontemps, après avoir jeté humblement les yeux sur madame Dortigni et sur Hortense, qui semblent ne pas faire attention à elle, se redresse de toute sa hauteur, et, sans faire un seul geste, lance à la domestique un regard si fier et si impérieux, que celle-ci perd contenance, salue madame Bontemps et sort*).

MADAME BONTEMPS.

Dieu soit loué, ma chère nièce ! Que j'ai de joie à vous revoir ! M'auriez-vous entièrement oubliée ?

MADAME DORTIGNI.

Quoi, vous seriez !... Je ne vous remets pas.

HORTENSE, *à part.*

Ni moi non plus. Si jamais je me suis figuré une tante à mon usage, ce n'est pas celle-là. On ne la prendrait pas avec des pincettes. (*Une fois pour toutes, Madame Bontemps voit tout, entend tout, rien ne lui échappe, même les à parte de la mère ou de la fille. Et, comme ces deux personnages lui tournent presque toujours le dos, elle peut, par l'expression de son visage, par ses gestes, montrer aux spectateurs, la douleur, le dégoût, l'indignation qu'elle éprouve.*)

MADAME BONTEMPS, *lentement avec expression.*

C'est moi, madame Bontemps, votre tante...

HORTENSE, *à part.*

Une tuile ! Dire que nous avons laissé entrer cela ici !

MADAME DORTIGNI.

Je me souviens d'avoir eu une parente de ce nom, mais nous l'avons crue morte.

HORTENSE, *froide raillerie, toisant sa grand'tante de la tête aux pieds.*

Et enterrée.

MADAME BONTEMPS, *à Hortense ; colère contenue.*

Elle n'est ni enterrée, ni morte, hélas ! Elle vit ; je suis votre grand'tante, mademoiselle. (*Hortense, intimidée un moment, détourne les yeux qu'elle avait fixés sur madame Bontemps, et reprend bientôt son attitude insolente, jouant du bout des doigts avec un miroir de poche, un peigne à pa-*

pillottes, des ciseaux, n'importe quel petit objet de luxe ou de coquetterie, et cela jusqu'à la fin de la scène).

MADAME DORTIGNI.

Il y a si longtemps que j'ai pu oublier vos traits.

MADAME BONTEMPS, *deux pas en avant.*

Oh ! je vous reconnais bien, moi ; mais je suis bien plus changée que vous, et cela n'est pas étonnant. Les fatigues, les peines, les chagrins, le long séjour dans un climat étranger. Mon son de voix, du moins, au défaut de mes traits...

MADAME DORTIGNI.

Je ne dispute point de l'identité.

MADAME BONTEMPS.

Je vous ai souvent pressée dans mes bras. Vous ne vous en souvenez pas ? (*En ce moment, madame Bontemps, qui regarde madame Dortigni, tourne le dos à Hortense. Celle-ci fait, de la main, un geste à sa mère, pour lui marquer qu'il faut chasser au plus vite la mendiante importune. Nous indiquons ce jeu de scène une fois pour toutes. On peut supposer le geste intercepté une fois par le regard de madame Bontemps, qui, sans rien dire, déconcerterait Hortense*).

MADAME DORTIGNI.

Enfin, à quoi cela revient-il, et que voulez-vous de moi ?

HORTENSE, *à part.*

Oh ! elle va lui demander de l'argent. Je ferai chasser le portier. Laissez entrer une pareille friperie, malgré nos recommandations journalières !

MADAME BONTEMPS.

Aujourd'hui, je suis pauvre. J'étais, avec mon mari, établie à la Guadeloupe.

MADAME DORTIGNI.

A la Guadeloupe, soit. Après?

HORTENSE, *à part.*

Eh bien! retourne à la Guadeloupe. Je te paie ton voyage. Tiens! qu'est-ce que je dis là? Je ne veux rien lui payer du tout. Ce serait le monde renversé.

MADAME BONTEMPS.

Nous avions amassé quelque chose, avec beaucoup de peine... Daignez prêter l'oreille à ma triste infortune. Hélas! perdre à la fois son mari, son enfant! Jugez de ma douleur quand ce coup me frappa. N'ayant plus rien qui m'attachât à un pays étranger, je résolus de revenir en France. L'amour de la patrie parlait vivement à mon cœur. C'est le dernier sentiment qui s'éteigne; il faut être séparé de sa patrie, pour comprendre le bonheur de vivre dans son sein.

MADAME DORTIGNI, *à part.*

Ah! quel insupportable début!

HORTENSE, *à part.*

C'est très-touchant. (*Elle bâille*).

MADAME BONTEMPS.

Le vaisseau où j'étais, chargé de toute ma fortune, modique à la vérité, mais suffisante, a fait naufrage sur les côtes d'Espagne. J'ai tout perdu; mon malheur est constaté par les papiers publics. Le vaisseau la Licorne... Dix de mes compagnons de voyage, se sont noyés en voulant sauver les malheureux débris de leur fortune.

MADAME DORTIGNI.

Ils sont après tout fort heureux. Puisqu'ils n'avaient plus rien au monde, autant vaut...

MADAME BONTEMPS.

Vous avez bien raison, madame ; ce ne sont pas les plus à plaindre : j'ai envié plus d'une fois leur sort. Je n'ai gagné Paris qu'avec des peines infinies. Si vous saviez ce que j'ai souffert en route ! Que l'infortune traîne après soi d'humiliation ! Mais je me suis armée de constance et de courage. J'arrive, et je m'informe de vous. Avec quel plaisir j'apprends que le Ciel vous a bénie, que votre vie est heureuse et paisible, que vous êtes dans l'aisance...

MADAME DORTIGNI.

Dans l'aisance ! qui vous a dit cela ? Est-ce qu'on a de la fortune à Paris ? Vous avez donc oublié dans le Nouveau-Monde le train de celui-ci ?

MADAME BONTEMPS.

Pardonnez, madame ; mais cet ameublement, cet hôtel, l'extérieur qui vous environne, tout dit...

MADAME DORTIGNI.

Eh bien ! l'on est comme tout le monde. Vous avez l'admiration emphatique d'une personne qui n'a jamais rien vu.

MADAME BONTEMPS.

Enfin, ma bonne et chère nièce...

HORTENSE, *à part.*

Est-ce qu'elle ne va pas trouver le moyen de la congédier ?

MADAME DORTIGNI.

Votre conduite, je suis fâchée de vous le dire, est fort étrange envers nous ; vous vous introduisez ici par supercherie, sous le prétexte de nous parler d'une parente à nous que vous avez vue en Amérique, vous débutez par un mensonge ; une fois entrée ici, vous changez de langage, vous venez nous dire à l'improviste, je suis votre tante !

MADAME BONTEMPS.

Avec ce vêtement qui ne révèle que trop mon indigence, j'ai cru ne devoir point me faire connaître à vos domestiques. C'est par discrétion, je vous assure, ma chère nièce, c'est par discrétion que j'ai caché ma détresse.

MADAME DORTIGNI.

Vous pouviez m'écrire.

MADAME BONTEMPS.

Une lettre eût-elle jamais parlé comme ma présence? J'ai conçu plus d'espoir en venant vous supplier moi-même, et vous exposer, de vive voix, ma triste et douloureuse position.

MADAME DORTIGNI.

Vous aviez donc tout mis sur le même vaisseau?

MADAME BONTEMPS.

Hélas! oui.

MADAME DORTIGNI.

Cela est fort imprudent. Mais je me rappelle avoir entendu dire à mon père que vous étiez d'une imprudence, d'une étourderie, d'une légèreté qui, entre nous soit dit, se conciliait assez peu avec certaines prétentions qui ne vous manquaient pas. Enfin, ce qui est fait est fait, ce qui est perdu est perdu, et ne peut pas revenir du fond de la mer sur l'eau, à notre commandement; malgré tout le désir que nous aurions de vous le rendre, c'est impossible.

MADAME BONTEMPS.

Je le sais, madame, mais...

HORTENSE, *à part.*

Ah! je suis sur les épines. — Ma mère c'est bien à midi que madame Boursicault nous attend? Onze heures et demie déjà!

MADAME BONTEMPS.

Je n'ai qu'un mot à vous dire, pardon, qu'une humble prière à vous adresser, ma bonne nièce, et je me retire. Je ne prétends pas vous être à charge, et pourtant j'ai une demande que je vous supplie d'accueillir. Si la mémoire de mon frère, que je chérissais et dont j'étais tendrement aimée, si la mémoire de votre père vous est chère et sacrée...

MADAME DORTIGNI.

Mon pére ne m'a jamais fait votre éloge.

MADAME BONTEMPS, *vivement.*

Mon frère m'a toujours aimée, il m'a donné mille preuves de son affection.

MADAME DORTIGNI, *fierté et colère.*

Comment, vous osez...

MADAME BONTEMPS, *humblement.*

Excusez, madame, songez qui vous êtes, qui je suis, pourquoi je suis venue auprès de vous. Vous ne pouvez pas croire sérieusement, quand je viens implorer votre compassion, que je veuille vous offenser, vous irriter contre moi. J'ai, dans ce portefeuille, des preuves irrécusables de la constante affection que m'a conservée votre père. Je les garde bien précieusement. Je suis prête à vous les communiquer, ainsi que tous les papiers qui sont dans ce portefeuille. (*Elle tend le portefeuille*).

MADAME DORTIGNI.

Je sais que mon père me parlait d'un patrimoine, à vous, que vous avez laissé vendre, dans le temps.

MADAME BONTEMPS.

C'était pour sauver l'honneur de mon mari.

MADAME DORTIGNI.

Vendre son patrimoine, oublier, frustrer ses héritiers légitimes et naturels ! Quand le mari fait mal ses affaires, la femme raisonnable se tient à ses droits, et elle répond aux créanciers : je ne vous connais pas, je garde mon argent, pour soutenir mon rang. Voilà ce qui se fait chez les gens qui ont du savoir-vivre. Vendre son patrimoine ! Apprenez qu'on n'a plus de parents, quand on a vendu son patrimoine.

MADAME BONTEMPS.

Que je suis malheureuse ! Pourtant, si vous daigniez, madame, ouvrir ce portefeuille, qui renferme, outre tous mes papiers, des lettres de votre père, vous verriez qu'il m'aimait. (*Elle tend le portefeuille*).

MADAME DORTIGNI.

Finissons-en. Que voulez-vous que je fasse de ce portefeuille ? (*Ici, madame Bontemps sourit de manière à n'être aperçue, ni de madame Dortigni, ni d'Hortense. Elle s'approche de celle-ci et lui présente le portefeuille*).

MADAME BONTEMPS.

Je vous vois aujourd'hui, mademoiselle, pour la première fois ; mais vous n'êtes pas une étrangère pour moi, aussi vrai que je voudrais vous voir toujours parfaitement heureuse. Il y a dans ce portefeuille des lettres de votre grand-père et tout ce qui prouve...

HORTENSE, *se renversant sur sa chaise.*

Nous sommes un peu pressées, ma bonne femme. (*A part.*) — Pouah ! quelle odeur de cuir, ou d'autre chose ! (*Madame Bontemps remonte lentement le théâtre, se retourne et remet dans sa poche avec un geste et un regard fort expressif, ce portefeuille qui renferme des valeurs considérables. Après l'avoir tendu à Hortense, elle peut le tendre au public avec un geste qui signifie : qui en veut?*)

MADAME DORTIGNI.

Enfin, je ne vois pas ce que je puis faire pour vous, vous dites que vous n'avez pas la prétention de nous être à charge, et voilà pourtant déjà un temps infini que...

MADAME BONTEMPS.

J'avais pensé... (*Elle s'arrête*).

MADAME DORTIGNI.

Vous aviez pensé, dépêchons-nous surtout.

MADAME BONTEMPS.

Ah! madame, si vous aviez été longtemps, comme moi, séparée par tant de terres et de mers, de votre patrie et de vos parents, vous sentiriez ce qui se passe en ce moment dans mon cœur. Quoique pauvre, je puis travailler pour gagner ma vie, je puis rendre quelque service, je ne vous serais pas tout à fait inutile, ici, dans cette grande maison, où vous avez de nombreux domestiques, mais personne qui vous aime, comme je vous aimerais, personne qui vous soit dévoué, comme je le serais à la fille, à la petite-fille de mon frère. Si j'avais une petite chambre, une modeste chambre, dans ce vaste hôtel, je ne dirais à personne ce que je vous suis par la parenté ; vous expliqueriez, comme vous prétendriez le faire, mon humble présence auprès de vous, je ne demande rien autre chose, et je serais bien heureuse.

MADAME DORTIGNI.

Je vous remercie de ces sentiments, mais, pour le moment, c'est impossible, je ne saurais où vous mettre.

HORTENSE, *à part*.

C'est dommage, quelle belle livrée nous aurions là !

MADAME BONTEMPS.

Pardonnez-moi, j'avais cru... mais du moment que vous

êtes à l'étroit... (*A part.*) Trois étages, sept fenêtres de face, par étage. (*Elle fait quelques pas pour se retirer*).

HORTENSE, *se levant et allant trouver sa mère.*

A la porte et promptement. C'est insipide !

MADAME DORTIGNI.

Je vais me débarrasser d'elle avec une pièce de cinq francs.

HORTENSE.

N'en faites rien, elle reviendrait.

MADAME DORTIGNI.

Je vais lui dire de repasser, et, une fois qu'elle sera partie, ordre au concierge de ne plus lui laisser franchir, même la porte de la cour.

HORTENSE.

A la bonne heure. (*Elle va se rasseoir*).

MADAME DORTIGNI, *à madame Bontemps.*

Vous nous trouvez en ce moment fort préoccupées de mille affaires, de choses importantes, considérables ; cela nous arrive assez souvent d'ailleurs ; vous avez vos tracas, nous avons les nôtres. Je verrai si je puis faire quelque chose pour vous. (*A partir de ce moment, elle essaie de faire reculer et sortir sa tante*).

MADAME BONTEMPS.

Me permettez-vous de repasser ?

MADAME DORTIGNI.

De repasser ? Oui ; nous sommes fort occupées, mais, oui, repassez, repassez. Vous feriez peut-être mieux d'attendre. Je verrai, je parlerai pour vous, je vous ferai prévenir des moyens que j'aurais trouvés pour vous secourir. Bonjour. (*Elle revient pour s'asseoir*).

MADAME BONTEMPS, *revenant.*

Mais, comment pourrez-vous me faire prévenir, si vous n'avez pas mon adresse?

MADAME DORTIGNI.

Ah !... oui... oui... vous demeurez?

MADAME BONTEMPS, *ironie contenue.*

Vous comprenez, si vous ne savez pas où je demeure...

MADAME DORTIGNI, *impatientée.*

Sans doute, je comprends.

MADAME BONTEMPS.

C'est que vous ne m'avez pas demandé mon adresse.

MADAME DORTIGNI, *impatientée.*

Eh bien ! je vous la demande.

MADAME BONTEMPS.

Rue de la Huchette, au Cadran bleu.

HORTENSE, *à part.*

Rue de la Huchette ! quelle horreur ! Peut-on demeurer rue de la Huchette ! — Elle ne s'en ira pas.

MADAME BONTEMPS.

Voulez-vous que je vous l'écrive, de peur que votre mémoire? ...

MADAME DORTIGNI, *marchant sur madame Bontemps, pour la faire reculer.*

Non, je la retiendrai très-bien.

MADAME BONTEMPS.

Vous la retiendrez, malgré vos préoccupations, vos occupations, vos affaires importantes, considérables?

MADAME DORTIGNI, *même jeu de scène.*

Oui... oui... oui.

MADAME BONTEMPS.

Allons, je cesse de vous importuner. (*Elle salue et disparait. Madame Dortigni vient se rasseoir. Madame Bontemps reparaît de manière à entendre parfaitement Hortense*).

HORTENSE.

Enfin, nous en voilà quittes! Mais, j'y songe, au lieu de la garder là une heure sur notre dos, j'en sue, pourquoi ne l'avoir pas expédiée tout de suite à notre vertueuse tante, madame Milville. C'était un si joli cadeau à lui faire ; l'idée ne vous en est pas venue? — *Elle se retourne et aperçoit madame Bontemps, qui descend lentement le théâtre.*) Comment, c'est encore vous?

MADAME DORTIGNI, *à madame Bontemps.*

Vous conviendrez qu'à la fin...

HORTENSE, *à madame Bontemps.*

Qu'avez-vous encore à nous demander ?

MADAME BONTEMPS.

L'adresse de votre tante Milville, mademoiselle. Quand je l'ai vue pour la dernière fois, elle était bien jeune encore ; elle semblait douée d'un cœur noble et compatissant.

MADAME DORTIGNI.

Mon portier vous donnera son adresse. Vous ferez très bien de l'aller voir.

HORTENSE.

Oui, allez-y de notre part. Ce que vous pouvez faire de mieux, tenez, c'est de lui rendre visite. Je vous y engage de tout mon cœur.

MADAME DORTIGNI.

Ma fille a raison. Vous trouverez, chez madame Milville, une société tout à fait conforme à vos goûts.

HORTENSE, *ironiquement.*

Vous pourrez y aller en soirée, sans changer votre toilette. Combien je regrette de ne pas savoir son adresse au juste. Mais notre concierge la sait. (*Ici la mère et la fille marchent toutes les deux ensemble sur madame Bontemps. pour la forcer à reculer*).

MADAME BONTEMPS.

Pardonnez à mes importunités. Je manque de tout, je n'en puis plus, je souffre. J'éprouve le besoin, plus que vous ne pensez. (*A madame Dortigni.*) Si vous pouviez faire en ma faveur un effort... (*Madame Dortigni secoue la tête.*) Rien?... (*A Hortense.*) Vous n'avez jamais souffert ni le froid ni la faim? Que le Ciel vous en préserve! Vous non plus, ma jeune demoiselle, vous ne pouvez rien pour moi? (*Hortense fait un signe de refus*) Rien?... Allons, je saurai me résigner à souffrir. Pardonnez-moi, madame, si j'ai osé me présenter chez vous, de cette manière. On a toujours mauvaise grâce quand on est malheureux. Je souhaite, pour vous, madame, et pour vous aussi, jeune fille, que vous ne connaissiez jamais combien l'indigence est douloureuse. (*Madame Bontemps sort; madame Dortigni et sa fille reviennent s'asseoir, et marquent par leurs gestes le plaisir qu'elles éprouvent d'être délivrées. Madame Boursicault paraît, avant que les deux dames se soient rassises*).

SCÈNE IV.

Madame Boursicault. Madame Dortigni. Hortense.

MADAME BOURSICAULT, *regardant madame Bontemps, qu'elle a croisée en entrant.*

En croirai-je mes yeux? madame Bontemps sous ce costume!

HORTENSE, *sans se lever.*

Ah! tiens, c'est vous, ma chère madame Boursicault,

comment vous portez-vous, vous, Azor votre caniche, et monsieur votre mari ?

MADAME BOURSICAULT, *regardant toujours.*

Voilà qui est étrange. — Je me porte bien, Azor est enrhumé, ça m'inquiète. Monsieur Boursicault est au lit depuis deux jours avec la fièvre. Mais cela ne sera rien. — (*Regardant toujours.*) C'est incroyable ; Mais c'est bien elle, je l'ai bien reconnue.

HORTENSE.

A qui en avez-vous donc, avec votre, c'est incroyable ?

MADAME BOURSICAULT.

On ne la reconduit seulement pas! Connaissez-vous cette dame qui sort de chez vous ?

MADAME DORTIGNI, *se levant.*

Eh ! bonjour, ma chère madame, j'étais là comme abasourdie, je ne vous avais ni vue, ni entendue. Que n'êtes-vous arrivée trois quarts d'heure plus tôt ! vous nous auriez délivrées de la plus insupportable visite...

MADAME BOURSICAULT.

Vous ne parlez pas, j'imagine de la personne que je viens de rencontrer à l'instant, dans votre escalier ?

MADAME DORTIGNI.

Au contraire, et il me tarde qu'elle soit sortie de la maison, pour donner au concierge un ordre qui la concerne.

MADAME BOURSICAULT.

Et vous ne reconduisez pas respectueusement un tel personnage ?

MADAME DORTIGNI.

Vous voulez rire.

MADAME BOURSICAULT.

Je mettrais la main au feu que vous ne saviez pas à qui vous parliez.

MADAME DORTIGNI.

Je vous dis que je la connais ; je la connais ! c'est-à-dire que je ne la connais pas Je n'ai pas pour habitude de lier connaissance avec des gens en guenilles. (*Elle sonne*).

MADAME BOURSICAULT.

A vrai dire, elle a une manière de suivre les modes qui est assez singulière : je ne conçois pas qu'elle s'affuble ainsi. C'est madame Bontemps, veuve, sans enfants, riche à millions.

HORTENSE.

Ah ! mon Dieu ! Oui, c'est madame Bontemps, veuve, sans enfants, vous avez raison jusque-là, madame Boursicault ; et le reste, si vous ne vous trompez pas, c'est effrayant.

UNE DOMESTIQUE.

Que désire madame ?

HORTENSE, *vivement*.

La première fois que madame Boursicault se présentera, ne vous retirez pas avant de lui avoir avancé un fauteuil. (*La domestique avance un fauteuil, et se retire : madame Boursicault s'assied.*) Madame Boursicault, vous vous trompez ? (*Madame Dortigni et Hortense restent debout à ses côtés, immobiles, frappées de stupeur*).

MADAME BOURSICAULT.

Il faut que je vous conte comment Azor s'est enrhumé. Imaginez-vous que cette pauvre petite bête est très-sensible de la tête, le moindre courant d'air lui donne un rhume de cerveau, et il éternue comme une grande personne.

MADAME DORTIGNI, *fort agitée.*

Oh! mais, ma chère madame, vous ne pensez pas à ce que vous dites. Madame Bontemps est dans la dernière indigence.

MADAME BOURSICAULT.

Sans connaître au juste votre fortune, je crois que vous vous contenteriez de cette indigence-là. Il est possible qu'elle soit dans l'indigence, madame Bontemps ; en tout cas, son papier ne l'est pas, ni son portefeuille non plus, je vous en réponds et depuis quinze ans que monsieur Boursicault négocie en son nom, elle ne fait pas mal ses affaires.

MADAME DORTIGNI.

Cependant...

MADAME BOURSICAULT.

Eh bien! cependant... vous venez de me dire vous-même que vous ne la connaissez pas. Vous avez un drôle d'air toutes les deux, ce matin. Après tout, que vous fait sa fortune ou sa misère puisque c'est une étrangère pour vous ? Quant à moi, il y a trois ans, j'ai vécu, en Amérique, six semaines, dans sa compagnie ; il y a un mois qu'elle est de retour à Paris, et depuis un mois, je l'ai bien vue sept, huit fois ; j'étais dans le cabinet de monsieur Boursicault, quand elle venait lui parler d'affaires.

HORTENSE.

Comment, vous connaissiez ma grand'tante?

MADAME BOURSICAULT, *à la fille d'abord, à la mère ensuite.*

Votre grand'tante! Ah! ça, ma bonne dame, votre chère fille fait là une singulière figure.

MADAME DORTIGNI.

Comment, madame Boursicault, vous connaissiez ma tante et vous ne nous en disiez rien !

MADAME BOURSICAULT, *à la mère d'abord, à la fille ensuite.*

Votre tante! Ah! ça, qu'est-ce que cela veut dire? D'où vient, ma chère demoiselle, que votre respectable mère a cet air effaré?

HORTENSE, *furieuse.*

C'est une horreur, madame Boursicault.

MADAME BOURSICAULT, *impossible.*

De quoi? quelle mouche vous pique?

MADAME DORTIGNI, *furieuse.*

Madame Boursicault, on ne se conduit pas de cette manière-là avec ses amies, c'est une indignité.

MADAME BOURSICAULT.

Comment, toutes les deux contre moi! Heureusement que j'ai bon dos, et que je ne m'émous pas facilement. Voyons, expliquons-nous, et que cela finisse. Je venais vous consulter relativement à la santé de mon chien. Je n'ai pas encore pu vous en parler.

MADAME DORTIGNI.

Comment, vous ne nous dites pas que vous connaissez ma tante, et cela depuis quatre ans que vous nous voyez tous les jours!

MADAME BOURSICAULT.

Est-ce que je savais que ce fût votre tante? Est-ce que vous m'avez jamais dit que vous eussiez une tante? Est-ce que vous ne m'avez pas encore menti tout à l'heure, à moi, votre meilleure amie, en me disant que vous ne la connaissiez pas? Eh bien! je vous conseille de parler des devoirs de l'amitié; vous me faites ce que l'on appelle des colles, et ensuite, vous me tombez sur le dos! Vous croyez peut-être que je supporterais cet affront-là, sans le secours que j'attends de vos lumières, relativement, comme je vous l'ai déjà dit, à la santé de mon chien ? Est-ce que je pouvais me douter que c'était votre tante ?

HORTENSE.

Mais, puisque vous l'avez vue en Amérique, et, depuis un mois, plusieurs fois, à Paris, chez vous, comment se fait-il que vous n'ayez pas appris d'elle-même, ce qui nous intéressait à un si haut degré ?

MADAME BOURSICAULT.

Oh ! pour cela, vous pouvez m'en croire ! Je ne fais pas de mensonge à mes amis, moi. Elle nous a toujours dit qu'elle était absolument sans parents ; qu'elle ne connaissait personne à Paris. C'est peut-être une malice de sa part. Elle avait sans doute ses raisons.

MADAME DORTIGNI.

Ah ! madame Boursicault, prenez garde à ce que vous dites.

HORTENSE.

Chacune des paroles que vous prononcez...

MADAME BOURSICAULT.

Après ?

HORTENSE.

Vous ne comprenez pas que c'est un fer rouge qui m'entre dans la chair. Ah ! si j'avais su !

MADAME DORTIGNI, *à Hortense.*

Si tu avais su !

MADAME BOURSICAULT, *à madame Dortigni.*

Si elle avait su ?... Continuez.

MADAME DORTIGNI, *vivement.*

Si nous avions su !

HORTENSE, *à sa mère, avec colère.*

Si vous aviez su !

MADAME BOURSICAULT, *au public.*

Si elles avaient su ! Je devine.

HORTENSE.

Veuve, sans enfants et une fortune immense !

MADAME DORTIGNI.

Et venir ici, sous les habits d'une mendiante, implorer nos secours, pour...

MADAME BOURSICAULT.

Pour se divertir. Je la reconnais bien là. Mais vous ne saviez donc pas que votre tante est une originale de première force?

HORTENSE.

Au contraire. C'est que ma mère le savait très-bien ; elle me le disait précisément trois minutes avant que nous reçussions sa visite. (*A sa mère.*) Est-ce vrai?

MADAME DORTIGNI, *furieuse.*

Laissez-moi tranquille.

MADAME BOURSICAULT.

Eh bien ! puisque vous étiez prévenues, l'une et l'autre, de quoi vous plaignez-vous? Je suis persuadée que vous l'avez bien reçue.

MADAME DORTIGNI.

Demandez à mademoiselle, comme elle lui a fait bon accueil.

HORTENSE.

Demandez à ma mère, quels égards elle a eus pour sa tante.

MADAME BOURSICAULT.

Je ne vous comprends pas ; vous étiez prévenues.

HORTENSE, *à part.*

Cette femme est stupide.

MADAME DORTIGNI, *à part.*

Avec ses observations, son air hébété, son chien et cette manière de se camper dans un fauteuil sans plus pouvoir se remuer. On dirait qu'elle y prend racine.

MADAME BOURSICAULT.

Elle est libérale, magnifique, madame Bontemps, excellente pour ceux qu'elle aime, mais aussi sensible aux mauvais procédés qu'aux bons. Je vous en avertis.

HORTENSE.

Il est bien temps.

MADAME DORTIGNI.

Ah ! je frissonne.

HORTENSE, *à part.*

Chaque mot de cette imbécile me déchire.

MADAME DORTIGNI, *prend le bras gauche de madame Boursicault et la tire vers le coin du théâtre à droite.*

Vous avez de l'esprit, madame Boursicault.

MADAME BOURSICAULT.

C'est ce que tout le monde dit.

MADAME DORTIGNI.

Vous êtes une femme de ressources, et, quand il y a quelque difficulté à vaincre, ce qui embarrasserait toute autre personne, n'est rien pour vous. Ah ! madame ma chère madame Boursicault !

HORTENSE.

Elle vient prendre le bras droit de madame Boursicault et la tire vers le coin du théâtre à gauche. Madame Boursicault, ouvrant de grands yeux, se laisse ici tirer plusieurs fois, tantôt par la mère, tantôt par la fille, vers l'un ou l'autre des deux coins.) Il n'y a pas à plaisanter, madame Boursicault. Sans compliment, vous êtes une femme supérieure.

MADAME BOURSICAULT.

A quoi bon faire de la modestie, je le sais bien.

HORTENSE.

Ma tante n'a pas été bien reçue par ma mère.

MADAME BOURSICAULT.

Je m'en suis doutée. C'est fâcheux.

HORTENSE.

Mais, puisque vous connaissez madame Bontemps, tout peut se réparer.

MADAME BOURSICAULT.

Cela ne sera pas facile. Et puis, je voudrais bien savoir ce que je pourrais faire pour mon chien. Je ne vous le cache pas, cela m'inquiète.

MADAME DORTIGNI, *venant tirer madame Boursicault.*

Madame Bontemps n'a pas eu à se louer des airs d'Hortense ; elle l'a regardée, toisée de haut en bas, elle lui a parlé avec un ton !

MADAME BOURSICAULT.

C'est bien dommage. Mais vous étiez là, vous ?

MADAME DORTIGNI.

J'avais ma migraine, et puis, est-ce que je pouvais me douter de ce qu'elle était ?

MADAME BOURSICAULT.

Voilà une migraine qui pourrait bien vous coûter cher.

MADAME DORTIGNI.

Ah ! vous me fendez le cœur.

MADAME BOURSICAULT.

Mais une personne riche, qui a de l'or, qui manie les billets de banque par milliers, cela se devine, cela se sent. Vous me surprenez.

MADAME DORTIGNI.

Oh ! quel supplice ! (*A part.*) L'insupportable bête avec ses réflexions. — Ma bonne petite madame Boursicault....

HORTENSE.

Oh ! quel martyre ! (*Elle se rapproche de madame Boursicault qui se trouve ainsi, debout, au milieu du théâtre assiégée des deux côtés.*) Il n'y a qu'un moyen, pour tout réparer.

MADAME BOURSICAULT.

Si le rhume d'Azor s'obstine, on ne sait pas ce que cela peut devenir. Indiquez-moi la meilleure tisane.

HORTENSE, *à part.*

Oh ! l'imbécile ! — Ma bonne petite dame, tenez, il faut aller voir ma grand'tante. Vous lui direz qu'elle peut être sûre, au moins, que sa petite nièce l'aime beaucoup, que je vous ai souvent parlé d'elle, du désir que j'avais de la connaître.

MADAME DORTIGNI.

Il faut aller...

MADAME BOURSICAULT.

Pour mon chien, où cela ?

HORTENSE.

Faites-lui respirer de l'eau de Cologne, et donnez-lui un bain de pied. Je vous en prie, vous qui avez une conversation si raisonnable, et en même temps si vive, allez voir ma grand'tante. Dites-lui que je mourrais de douleur de la savoir offensée contre moi. Oh ! est-il possible? veuve, et sans enfants ! *(Elle sonne.)* Il faut que j'aille à l'instant même, où cela? *(Elle sonne encore.)* Oh ! je ne me possède plus, je ne tiens plus en place. *(Elle sonne encore.)* Je veux courir rue de la Huchette. Je donnerais toutes les rues de Paris pour la rue de la Huchette. *(Elle sonne.)* Quand je pense que c'est là, rue de la Huchette, au Cadran bleu... *(La domestique paraît.)* Attelez, vite et tôt, je descends à l'instant. Veuve et sans enfants !

MADAME BOURSICAULT.

Vous croyez que de l'eau de Cologne cela lui fera du bien ?

HORTENSE.

Est-ce loin d'ici la rue de la Huchette?

MADAME BOURSICAULT.

Vous connaissez quelqu'un rue de la Huchette?

HORTENSE.

Comment je ne viens pas de vous dire, mais vous ne pensez qu'à votre toutou, que c'est là que demeure ma grand'tante !

MADAME BOURSICAULT.

Allons donc ! C'est encore une malice ; décidément, vous ne savez pas à qui vous avez affaire.

MADAME DORTIGNY.

Mais où la rencontrer?

HORTENSE.

Ma bonne petite madame Boursicault ; si vous y alliez tout de suite ?

MADAME DORTIGNI.

Oui, c'est cela, pour nous préparer les voies.

MADAME BOURSICAULT.

J'ai laissé Azor à la maison, parce que l'air est vif, et qu'il aurait pu avoir un saisissement en sortant. Il me tarde de voir comme il va. Cette petite bête est si délicate !

HORTENSE.

Prenez notre voiture, j'y songe, brûlez le pavé, allez trouver ma tante ; je cours de ce pas chez vous, je verrai ce qu'on peut faire à votre intéressant quadrupède. — (*A part.*) Que la peste l'extermine ! Je vous attendrai chez vous, et, aussitôt que vous serez de retour, je reprends la voiture, et vole chez ma tante. (*La domestique paraît :*) La voiture est prête.

MADAME DORTIGNI.

Vite, vite, allez, ma chère madame, dites bien à ma tante...

MADAME BOURSICAULT.

Soyez tranquille, je n'ai pas besoin de leçon, je lui dirai que, si vous aviez su qu'elle était si riche...

HORTENSE.

Pas de plaisanterie, madame Boursicault

MADAME BOURSICAULT.

Entre nous, n'est-ce pas là la pure vérité ?

MADAME DORTIGNI.

Enfin, vous savez bien ce que vous avez à dire ; je me fie à vous, je me remets à vous.

HORTENSE.

Parlez-lui, comme si vous étiez à notre place, soyez bien éloquente, dites-lui...

MADAME BOURSICAULT.

Je vous retrouverai à la maison auprès d'Azor.

HORTENSE.

J'en aurai bien soin, ma bonne madame Boursicault. Pauvre petite bête, quel dommage ! Soyez tranquille, je vole, et je vous attendrai chez vous.

MADAME DORTIGNI.

Réconciliez-nous, je vous en aurai une reconnaissance éternelle, avec une tante que nous vénèrerons toute notre vie.

MADAME BOURSICAULT.

Cela suffit, j'en fais mon affaire, j'en ai raccommodé de plus difficiles. Je ne suis pas bête, allez, on le sait bien. Votre tante a de l'esprit, mais moi je n'en manque pas. Je vais l'attaquer de ce pas, et je vous rends sa tendresse, son estime et ses écus ; je le jure sur l'honneur des Boursicault.

SCÈNE V.

Madame Dortigni. Hortense.

MADAME DORTIGNI.

Eh bien! mademoiselle, vous voyez avec votre impertinence, votre rage d'en savoir plus que tout le monde, votre ton insolent, vos grands airs. Voilà un héritage de perdu !

HORTENSE.

Ah ! pour le coup c'est trop fort. C'est moi qui vous ai dit de la recevoir, comme vous l'avez fait ! Vous ne vouliez seulement pas la laisser entrer.

MADAME DORTIGNI.

Mieux eût valu cent fois lui refuser, comme je le voulais faire, tout accès dans l'intérieur de la maison, que de l'admettre pour la traiter ainsi. Je vous entends encore : ma mère, j'ai toujours des pressentiments, de tout ce qui doit m'arriver; jamais mes pressentiments ne m'ont trompée.

HORTENSE.

N'avais-je pas raison ! Veuve, sans enfants, riche !

MADAME DORTIGNI.

Riche ! oui, d'une fortune que nous perdons par vos dédains, par vos mépris, par votre méchant cœur. Je suis bonne, moi ; malgré ses sales haillons, je ne l'ai pas mise à la porte ; je suis charitable, moi, je voulais lui donner cinq francs ! C'est toi qui m'en as empêchée. Dieu te punira, fille sans entrailles !

HORTENSE.

Dieu ! dites-vous : il faut que vous soyez bien en colère ; Dieu ! jamais vous ne m'en avez parlé.

ACTE DEUXIÈME.

LA FAMILLE CHRÉTIENNE.

Chez madame Milville. Appartement très-modeste. A la droite du théâtre, une table à ouvrage ; au fond, une autre petite table.

SCÈNE I.

Madame Milville, Sophie, Amélie [1].

Madame Milville est assise, et tient sur ses genoux un abécédaire, où Amélie épelle ; Sophie, sur un tabouret, aux pieds de sa mère, fait la toilette de sa poupée.

AMÉLIE.

J, a, Ja, c, o, b, co, Jaco.

MADAME MILVILLE.

Mais non, il y a un b, Jacob.

AMÉLIE.

Jaco.

MADAME MILVILLE.

Jacob.

AMÉLIE.

Jaco.

MADAME MILVILLE.

Soit, continue.

[1] Toilettes simples.

AMÉLIE.

M, o, mo, r, u, e, ru, morue.

MADAME MILVILLE.

Ce n'est pas un *u*.

AMÉLIE.

Ah ! oui, c'est un n ; je confonds toujours. M, o, r, mor, n, e, ne, morne.

MADAME MILVILLE.

Morne, cela veut dire, bien triste ; il faut être plus attentive. On rirait de toi, si en lisant le mot morne, appliqué, par exemple, à une dame, tu disais, cette dame a l'air morue. Va, jouer.

SCÈNE II.

Les mêmes. Brigitte.

BRIGITTE, *entrant avec un carton sous le bras.*

Ma chère maîtresse, voici le produit de vos différents travaux. Le marchand n'a rien dit, mais j'ai bien vu qu'il apprécie la délicatesse et le fini de tout ce que vous faites. Il m'a payée de manière, je ne dirai pas à vous satisfaire, vous êtes si modeste, mais à me rendre contente moi-même, pour vous. Il m'a chargée de vous dire de continuer à travailler pour lui. Je suis assurée qu'il vous paiera bien. Tenez, en attendant, serrez cela. (*Elle lui donne l'argent, et va déposer le carton sur la petite table du fond. Pendant que madame Milville lui répond, les enfants prennent les mains de Brigitte, l'embrassent, et elle leur rend leurs caresses*).

MADAME MILVILLE, *se levant.*

Il n'y a point de honte, ma chère Brigitte, à travailler, surtout lorsqu'on est mère de famille. Mais tu m'obligeras de te charger de la vente. C'est un égard que je dois à la mémoire de celui que je pleure : il ne croyait pas laisser sa femme et ses enfants dans une pareille position.

BRIGITTE.

Toutes les fois que je rencontre votre sœur, traînée dans un superbe équipage, et que je songe qu'elle vous abandonne ici, sans vous offrir le plus léger secours, je ne sais pas ce que j'éprouve. Tenez, tout à l'heure, dans la rue, j'y pensais. Je ne sais pas quel geste de colère j'ai fait ; il y avait un brave homme à côté de moi, à qui certes je ne voulais pas de mal, je lui ai donné un coup de poing ! J'en suis toute honteuse, mais c'est comme ça.

MADAME MILVILLE.

Ne pensons pas à cela, ma pauvre Brigitte. Ma sœur n'est point dure au fond.

BRIGITTE.

Ah ! par exemple, laissez-moi donc tranquille. Ah ! pardon, madame, si je vous manque de respect, mais aussi, vraiment, je suis exaspérée ; une sœur, ô ciel, est-il possible ! Enfin qu'est-ce qu'elle vous reproche ? Pauvre brebis du bon Dieu que vous êtes, qu'est-ce qu'elle peut vous reprocher ?

MADAME MILVILLE.

Un grand défaut, ma pauvre enfant, de n'être pas riche.

BRIGITTE.

Vous ne lui avez jamais rien demandé.

MADAME MILVILLE.

Que son amitié.

BRIGITTE.

Eh bien ! franchement vous n'êtes pas fière ; je n'en voudrais pas de son amitié, moi.

MADAME MILVILLE, *sévèrement.*

Brigitte!

BRIGITTE.

Suffit, madame, j'ai compris ; je parle de madame votre sœur ; c'est votre sœur, et je viens de dire une bêtise. Ce ne sera pas la dernière que je dirai, madame. Aussi, quand je suis en colère !...

MADAME MILVILLE.

Si nous travaillions un peu ! (*Madame Milville et Brigitte s'asseient auprès de la table. Brigitte s'assied d'une manière bruyante, prend son ouvrage brusquement, et se met à coudre en tirant son fil de manière à exprimer la colère qui l'agite*).

BRIGITTE.

Oh ! ce n'est pas le travail qui m'ennuie. Si j'étais riche, je travaillerais encore. Ce n'est pas là ce qui me met en colère.

MADAME MILVILLE.

Il faut, dans ce monde, ma chère Brigitte, de la douceur, de la résignation, de la patience.

BRIGITTE, *cousant avec rage.*

Oui, on appelle cela, je ne sais plus comment. Il y a du fil dans ce mot là, de la... philosophie.

MADAME MILVILLE.

Dieu n'abandonne pas ceux qui se reposent en lui.

BRIGITTE.

Oui, madame, c'est bien vrai que Dieu punit tôt ou tard les orgueilleux. Oh ! que je serais contente, si je voyais un jour, je sais bien qui.... aïe, je me suis piquée avec mon aiguille. (*Elle se suce le doigt*).

MADAME MILVILLE, *souriant.*

Voilà ce que c'est que d'avoir de mauvaises pensées. Je

ne suis point malheureuse, ma chère Brigitte ; je parais, il est vrai, un peu mélancolique ; mais, crois-moi, la paix est au fond de mon ame.

BRIGITTE.

Bien vrai ?

MADAME MILVILLE.

Dieu ne m'a-t-il pas bénie, en me conservant mes enfants ?

BRIGITTE.

Chères petites !

MADAME MILVILLE.

Il est une tristesse douce et pénétrante qui remplit mon cœur, à l'instant même que mes yeux se mouillent de larmes. Je contemple mes enfants, et je suis consolée.

BRIGITTE.

Vous êtes la meilleure des maîtresses, et la mère la plus tendre. J'ai toujours dans l'idée que le Ciel vous récompensera un jour, qu'il vous arrivera bonheur.

AMÉLIE.

Maman, veux-tu que je te dise une fable ?

MADAME MILVILLE.

Oui, ma fille.

AMÉLIE.

Veux-tu la *Poule et la Fermière ?*

MADAME MILVILLE.

Celle que tu voudras.

AMÉLIE.

Veux-tu la *Poule et la Fermière?*

MADAME MILVILLE

Oui, ma fille.

AMÉLIE.

Tu la veux bien, maman, la *Poule et la Fermière?*

MADAME MILVILLE.

Eh bien! oui, voyons, dis-la-moi.

AMÉLIE.

C'est que je ne la sais pas. Veux-tu le petit Joas?

SOPHIE.

Oh! oui, le petit Joas! C'est moi qui fais Athalie. Viens, Brigitte, donne-moi la main, pour faire Josabeth.

MADAME MILVILLE.

Je vous attends.

BRIGITTE, *mettant une chaise sur le milieu du théâtre.*

Voici pour Athalie; si votre majesté veut bien me le permettre, je vais l'asseoir sur son trône. (*Elle prend Sophie et l'assied, elle sort ensuite avec Amélie, et rentre lentement, d'un pas tragique, tenant par la main la petite fille qui va jouer le rôle de Joas, depuis* (Comment vous nommez-vous.) *jusqu'à* (pour quelle mère!) — *On peut dans les maisons d'éducation, substituer ici tel autre exercice de déclamation, qu'on jugera convenable. On peut aussi retrancher tout ce qui précède jusqu'à ces derniers mots de Brigitte,* (qu'il vous arrivera bonheur,) *et continuer comme suit :*) Madame, on frappe. Je vais voir. (*Elle sort*).

MADAME MILVILLE.

Il fut un temps où je ne pouvais sans frémir entendre du bruit à cette porte. Grâce à Dieu, je ne dois rien à personne, aujourd'hui, et peut frapper à ma porte qui voudra, je suis prête à recevoir n'importe qui.

BRIGITTE.

Madame, c'est une pauvre femme qui voudrait vous parler.

MADAME MILVILLE.

Pourquoi ne l'avez-vous pas fait entrer ?

BRIGITTE, *parlant du côté de la porte.*

Entrez, ma brave femme, n'ayez pas peur ; madame et moi, voyez-vous, nous sommes de bonnes gens. Vous vous êtes bien assez essuyé les pieds sur le paillasson, avancez. Le couloir est obscur, mais de plain pied.

SCÈNE III.

Madame Bontemps. Madame Milville. Ses enfants. Brigitte.

MADAME BONTEMPS.

Ma visite vous surprend, madame, mais, quand je me serai nommée, vous serez moins étonnée de la démarche que j'ose faire auprès de vous... J'aurais quelque chose à vous communiquer en particulier.

MADAME MILVILLE.

A moi, madame ?

MADAME BONTEMPS.

Veuillez m'accorder un moment d'entretien, je vous en supplie.

MADAME MILVILLE.

De tout mon cœur. Asseyez-vous. (*Sur un signe de sa maîtresse, Brigitte approche une chaise de madame Bontemps, et sort avec les enfants. Les deux dames s'asseient*).

SCÈNE IV.

Madame Bontemps. Madame Milville.

MADAME MILVILLE.

Je suis à votre disposition, madame.

MADAME BONTEMPS.

Je vois, madame, que vous ne me reconnaissez pas.

MADAME MILVILLE.

Je ne crois pas... pourtant si, votre visage me rappelle... il me semble que j'ai déjà vu des traits analogues aux vôtres... attendez.

MADAME BONTEMPS.

Vous m'avez déjà vue, madame.

MADAME MILVILLE.

Aidez-moi un peu, mes souvenirs sont si confus! J'ai déjà vu votre visage, mais où donc, à quelle époque, je ne me le rappelle plus. J'ai tant souffert depuis! vous m'excuserez.

MADAME BONTEMPS.

Vous étiez bien jeune, vous n'aviez que dix ans, lorsque vous m'avez vue pour la dernière fois, et ce n'est pas à cet âge que l'on retient des traits qui doivent changer avec le temps. Le malheur a depuis bien altéré les miens. Vous ne vous souvenez plus...

MADAME MILVILLE.

Arrêtez! serait-ce possible! Oh! mon Dieu, c'est que j'ai peur de me tromper. Un mot seulement, c'est vous qui êtes partie pour l'Amérique, il y a une vingtaine d'années?

MADAME BONTEMPS.

Oui.

MADAME MILVILLE, *se levant et lui sautant au cou.*

Oh! ma bonne tante! Oh! que je suis heureuse! Jugez, si je dois être contente; moi qui vous croyais morte!

MADAME BONTEMPS.

Malheureusement pour moi, on ne meurt pas de douleur.

MADAME MILVILLE.

Voulez-vous bien vous taire?

MADAME BONTEMPS.

Ces habits qui me couvrent...

MADAME MILVILLE.

Oui, je ne le vois que trop ; ma pauvre bonne tante! que voulez-vous? Il paraît que vous aussi vous avez eu votre part de malheur. Mais, dites-moi, vous ne retournez plus en Amérique, au moins? vous êtes pour rester à Paris; ce n'est pas par une vaine curiosité, que je vous fais cette question.

MADAME BONTEMPS.

Je vous dois un tableau fidèle de ma vie passée, puisque, je ne vous le déguise pas, je viens solliciter votre pitié.

MADAME MILVILLE.

Ah! quel vilain mot, ma bonne tante, pouvez-vous bien vous en servir avec moi. Mais c'est mon devoir de faire tout ce que je puis pour... pour...

MADAME BONTEMPS.

Pour me secourir?

MADAME MILVILLE.

Pour vous rendre heureuse. Ah! croyez que si je souffre en ce moment, tenez, c'est de ne pas pouvoir faire tout ce que je voudrais. Ah! mon Dieu! qu'est-ce que je viens de dire? Vous allez croire que je vous refuse. Mettez que je n'ai rien dit, cela m'a échappé. Ma bonne tante, je ne suis pas riche, je n'ai rien, mais nous partagerons : embrassez-moi et que cela finisse. Je viens de vous dire que je ne suis pas riche, je vous le dis parce que c'est vrai, que j'ai deux enfants, et que... mais vous voilà, eh bien! cela fait une de plus, voilà tout. Je sens que je m'embrouille, que je n'aurais pas dû vous dire tout cela ; encore une fois, embrassez-moi donc, ma bonne tante, je ne vous lâche pas, et à la grâce de Dieu ! (*Madame Milville embrasse encore une fois sa tante, qui pleure ; elle lui prend les mains.*) Nous allons prendre le café ensemble, ma petite tante, et puis nous causerons. Brigitte ! — Brigitte, c'est moins une domestique qu'une amie : je veux lui dire le plaisir que j'éprouve à vous revoir. Elle ne m'a pas entendue ; ce sont les enfants qui font du bruit autour d'elle, dans l'autre chambre. Brigitte !

MADAME BONTEMPS, *vivement.*

Pas un mot, je vous en conjure, quant à présent.

MADAME MILVILLE.

Pourquoi ? Ah ! je comprends : Brigitte est une bien brave fille, allez.

MADAME BONTEMPS.

Vous ne me comprenez pas. Mais la voici ; de grâce, pas un mot.

SCÈNE V.

Madame Bontemps. Madame Milville. Brigitte.

BRIGITTE.

Madame a appelé ?

MADAME MILVILLE.

Apportez le café.

BRIGITTE.

Il est tout prêt.

MADAME MILVILLE.

Servez sur la petite table, une tasse pour... pour madame. Que rien ne manque, ma bonne Brigitte. Ne servez que si le café est bien chaud.

BRIGITTE, *étonnée, regardant les deux dames tour à tour.*

Oui, madame. (*Brigitte met la petite table du fond au milieu du théâtre*).

MADAME MILVILLE.

Ah ! vous mettrez une nappe.

MADAME BONTEMPS, *regard expressif à madame Milville.*

Madame, quand je viens solliciter humblement votre charité... (*Elle fronce le sourcil et se donne un air méchant pour contenir madame Milville, prête à trahir le secret*).

BRIGITTE, *à part.*

Une nappe pour le déjeuner ! Oh ! quels yeux elle a ! Elle ne me revient pas, la vieille.

MADAME MILVILLE, *à Brigitte.*

Servez-nous.

SCÈNE VI.

Madame Bontemps. Madame Milville.

MADAME BONTEMPS.

Encore une fois, ma bonne nièce, je suis votre tante, pour vous seule ici. J'ai vu le moment que vous alliez tout découvrir; enfin, votre Brigitte ne se doute de rien (*A part.*), grâce à mes yeux méchants, qui ont troublé ses réflexions.

MADAME MILVILLE.

Je ne dirai rien, puisque vous me le défendez.

MADAME BONTEMPS.

Je vous le défends ! quel dommage que Brigitte ne soit pas là pour entendre ce que vous dites !

MADAME MILVILLE.

Ah ! mon Dieu, ma bonne tante, comment voulez-vous que je vous traite ?

MADAME BONTEMPS.

En mendiante ! Il y a une foule de gens, à votre place, qui trouveraient cela tout simple. Silence, voici votre Brigitte.

SCÈNE VII.

Madame Bontemps. Madame Milville. Brigitte. Les enfants.

Brigitte tient une nappe, des serviettes et des assiettes ; Sophie, deux tasses ; Amélie, le sucrier. Brigitte apporte une petite table sur le milieu du théâtre, met la nappe ; Sophie met les assiettes et les tasses ; Amélie, le sucrier, prend un morceau de sucre, le casse avec les dents, en donne une partie à sa sœur, et croque l'autre. Brigitte sort et les deux enfants la suivent. Elles rentrent bientôt toutes les trois, Brigitte avec la cafetière, Sophie avec le pot au lait, Amélie, avec les rôties de pain.

MADAME MILVILLE, *à sa tante, pendant que l'on sert.*

J'ai, moi aussi, essuyé bien des revers, et je voudrais vous offrir...

MADAME BONTEMPS, *l'interrompant.*

Vos enfants, madame,... franchement, je suis à jeun, et je partagerai volontiers votre déjeuner.

MADAME MILVILLE, *mettant la dernière main à la table.*

Brigitte, emmenez les enfants, je vous appellerai quand j'aurai besoin de vous.

MADAME BONTEMPS, *au public.*

C'est pour tout de bon ; j'ai couru, je meurs de faim.

BRIGITTE, *à part.*

Qu'est-ce que cela veut dire ? .

MADAME MILVILLE *attend que Brigitte soit sortie, et aussitôt :*

Votre café est servi, ma bonne tante.

SCÈNE VIII.

Madame Bontemps. Madame Milville.

MADAME BONTEMPS, *à part, en s'asseyant.*

J'aurais bien voulu embrasser les enfants, mais contenons-nous.

MADAME MILVILLE.

Prenez, prenez, mangez et buvez, cela vous réchauffera. Ma pauvre tante, qu'il me tarde de connaître votre histoire ; mais remettez-vous d'abord ; à votre aise, mangez et ne vous pressez pas. Pendant que vous réparerez vos forces, je vous dirai la mienne. Mais, j'y pense, je vis solitaire, à peu près ignorée de tout le monde ; comment avez-vous pu découvrir ma demeure ?

MADAME BONTEMPS, *elle boit et mange avec avidité.*

C'est madame votre sœur qui me l'a donnée.

MADAME MILVILLE.

Ma sœur ?

MADAME BONTEMPS, *même jeu.*

Je me trompe…

MADAME MILVILLE.

J'ai tort de vous faire parler ; mangez, ma bonne tante.

MADAME BONTEMPS, *même jeu.*

C'est monsieur son portier.

MADAME MILVILLE.

Vous avez vu ma sœur ?

MADAME BONTEMPS, *même jeu.*

Je crois bien, et mademoiselle votre nièce.

MADAME MILVILLE.

Eh bien ?

MADAME BONTEMPS, *même jeu.*

J'ai été introduite dans leur hôtel...

MADAME MILVILLE.

Eh bien ?

MADAME BONTEMPS, *même jeu.*

J'ai eu l'honneur de les saluer.

MADAME MILVILLE, *à part.*

J'ai peur de deviner.

MADAME BONTEMPS, *même jeu.*

Dans leur appartement.

MADAME MILVILLE.

Je n'ose pas vous demander comment vous avez été reçue ; vous n'avez plus de pain, ma tante, en voilà, mangez.

MADAME BONTEMPS.

Je crois en vérité que cela vaut mieux que de répondre à votre question.

MADAME MILVILLE, *à part.*

Oh ! ma sœur !

MADAME BONTEMPS.

Chacun, après tout, est propriétaire de son bien, et maître de ce qu'il possède.

MADAME MILVILLE.

Il ne faut pas en vouloir à ma sœur, ma bonne tante ; les riches ont tant de dépenses que nous n'avons pas, que nous ne soupçonnons même pas. Dites-moi vos souffrances, je vous dirai les miennes, nous nous consolerons ensemble, vous m'avez déjà dit que vous restiez à Paris, c'est-à-dire, non ; je vous l'ai demandé, vous ne m'avez pas répondu ; dites-moi que vous ne voulez plus retourner en Amérique.

MADAME BONTEMPS.

Faut-il que je reste à Paris, pour vous être à charge ?

MADAME MILVILLE.

Je ne sors presque jamais, je vois très-peu de monde, je suis timide, quand il ne s'agit que de moi. Mais, pour vous, ma tante, j'aurai de la hardiesse et du courage. D'ailleurs, je connais quelques personnes, qui, j'en suis sûre, se feront un plaisir de se démener de leur côté, pour nous obliger. Vous devez avoir bien des choses à me dire, et moi aussi de mon côté. Nous causerons de tout cela ensemble, à table, ou en faisant quelque ouvrage, l'une auprès de l'autre, jusqu'à ce que les mauvais jours soient passés. Tenez, en attendant mieux, faisons bourse commune, voulez-vous ; j'aurai de l'argent demain, ne vous effrayez pas, voici tout mon trésor. (*Elle ouvre sa bourse*).

MADAME BONTEMPS, *à part*.

Charmante enfant ! Quelles précautions, quelle délicatesse !

SCÈNE IX.

Brigitte, entrant à pas de loups. Madame Bontemps. Madame Milville. Sophie. Amélie.

MADAME MILVILLE, *contrariée*.

Je ne vous avais pas appelée, Brigitte.

BRIGITTE.

J'avais cru entendre votre voix, madame. (*A part.*) Je veux la surveiller dans son intérêt. (*Brigitte dessert. Madame Bontemps s'est retirée au coin du théâtre, à gauche du spectateur. Les enfants, d'un mouvement instinctif de curiosité, se sont approchés d'elle. La grand'tante, profondément attendrie, se baisse et les embrasse l'une après l'autre. Madame Milville, contrariée d'avoir été surprise, reste sur sa chaise, attendant avec impatience que Brigitte ait fini. Brigitte, les deux mains chargées de la desserte de la table, bas, à madame Milville,* Madame, vous n'êtes pas riche.

MADAME MILVILLE, *mauvaise humeur.*

Quelle nouvelle !

BRIGITTE.

Madame, l'argent ne se trouve pas sous le pied d'un cheval.

MADAME MILVILLE.

Dépêchez-vous donc de desservir.

BRIGITTE.

Madame, vous avez un bon cœur, on en est souvent dupe. (*Elle sort et reparaît un instant après pour achever de desservir.*)

MADAME MILVILLE.

Avec ces terreurs, et ces hésitations inquiètes, on ne ferait jamais le bien.

BRIGITTE, *chargée du reste de la table, et repassant derrière madame Milville, bas.*

Madame, savez-vous bien qui est cette femme ?

MADAME MILVILLE, *impatientée.*

Si cette femme, c'était un homme, n'est-ce pas ?

MADAME BONTEMPS, *à part.*

Elle a raison, la cuisinière, sait-on bien qui je suis ?

BRIGITTE.

Madame, si c'était une aventurière ?

MADAME MILVILLE, *en colère.*

Si c'était le diable ?

BRIGITTE.

C'est vrai, madame, ça s'est vu.

MADAME MILVILLE.

Eh bien ! je l'obligerais encore pour l'amour de Dieu.

MADAME BONTEMPS, *attendrie.*

Noble femme ! embrassons les enfants jusqu'à ce que nous puissions embrasser la mère, sans lui rien cacher. (*Elle embrasse les enfants*).

BRIGITTE, *observant madame Bontemps.*

Je ne sais pas si c'est le diable, mais je sens que je l'aime déjà de tout mon cœur. (*Brigitte sort, et les enfants courent, et sortent, en sautant, après elle*).

SCÈNE X.

Madame Bontemps. Madame Milville.

MADAME MILVILLE.

Tenez, ma tante, Brigitte pourrait revenir, prenez vite, voici trente francs, en attendant mieux.

MADAME BONTEMPS.

Oui. (*La grand'tante, émue, regarde tour à tour, et l'or, et celle qui le donne, et ne se presse pas de serrer cet or dans sa poche*).

MADAME MILVILLE, *regardant tour à tour et sa tante et la porte par où Brigitte peut revenir.*

Mettez vite dans votre poche.

MADAME BONTEMPS, *à part.*

En attendant mieux ! Elle ne croit pas si bien dire.

MADAME MILVILLE.

Je vous en prie, ma tante, ne restez pas ainsi avec ces pièces à la main ; Brigitte est une bonne fille, mais elle est si drôle.

MADAME BONTEMPS.

Mais que vous reste-t-il, pour vous, pour vos enfants ?

MADAME MILVILLE.

Ma pauvre tante, vous avez besoin de tout, et tout de suite. Mettez cette monnaie dans votre poche, encore une fois. Nous avons partagé, voilà tout. Je recevrai de l'argent demain, ne soyez pas en peine.

MADAME BONTEMPS, *pendant que madame Milville regarde du côté de Brigitte.*

C'est une sorcière, ma nièce ; non c'est un ange ! — ma nièce, ma chère et bonne nièce (*Explosion.*), cet or !

MADAME MILVILLE.

Plus bas, je vous en prie.

MADAME BONTEMPS.

Je le prends, puisque vous le voulez, je le serre bien précieusement ; je le garde, je le garderai toute ma vie : oh ! je n'y toucherai que pour le contempler avec attendrissement, avec des larmes de joie, en remerciant le Ciel d'avoir envoyé un ange dans notre famille !

MADAME MILVILLE.

Qu'avez-vous ? que voulez-vous dire ?

MADAME BONTEMPS.

Que je me reproche ma feinte ; que je ne comprends pas que j'aie pu la soutenir si longtemps avec vous. Pauvre enfant, pardonnez-moi. J'ai reçu votre présent, recevez mon offrande. Ah ! je ne prétends ni m'acquitter envers vous, ni, moins encore, vous récompenser. Dieu seul a dans ses mains des récompenses dignes d'un si noble cœur. Voici, pour vos enfants, pour vous, ma bonne nièce, pour vous.

MADAME MILVILLE.

Je ne vous comprends pas.

MADAME BONTEMPS, *lui tendant son portefeuille.*

Mon indigence est millionnaire. Je n'ai qu'un petit million à vous offrir, partageons.

MADAME MILVILLE.

Oh ! ma tante... mais...

MADAME BONTEMPS, *gaiment.*

Je vous assure que, quand j'aurai partagé avec vous, il m'en restera plus encore que vous ne vous en réserviez tout à l'heure.

MADAME MILVILLE.

Est-il possible ! Je ne sais que vous dire, je suis étonnée, j'ai peur de rêver.

MADAME BONTEMPS.

Ouvrez ce portefeuille, cela vous réveillera. (*Elle le lui met dans les mains.*) Ni votre sœur, ni votre nièce n'en ont voulu ; vous ne faites de tort à personne.

MADAME MILVILLE.

Je suis si saisie que je ne sais que vous dire ; mais...

MADAME BONTEMPS, *reprenant le portefeuille que lui tend madame Milville, le lui fourre dans la poche.*

Je vous en prie. (*A voix basse ; joyeuse malice.*) Brigitte est une bonne fille, mais elle est si drôle ; serrez vite dans votre poche.

MADAME MILVILLE.

Oh ! pour le coup, je puis vous assurer que Brigitte n'y

trouverait rien à redire. (*Elle tombe aux genoux de sa tante, lui prend les mains, les baise en pleurant.*) O ma tante ! ô mes enfants !

MADAME BONTEMPS.

Relevez-vous, ma nièce. Je le veux.

MADAME MILVILLE, *se relevant.*

Oh ! mais vous m'avez surprise, et je ne dois pas...

MADAME BONTEMPS, *lui retenant la main qu'elle remettait dans sa poche pour retirer le portefeuille.*

Ecoutez, ma nièce, je parle sérieusement. Assez d'attendrissement et de larmes. Ecoutez, (*avec douceur et fermeté*) je le veux. Je veux que vous m'écoutiez, un moment, en silence, froidement, s'il vous est possible. Dieu m'a comblée de biens, et par conséquent m'a imposé de grands devoirs. Vous serez, vous êtes mon héritière, pour partager avec moi, dès ce moment, des devoirs, qu'un jour, sans moi, vous continuerez à remplir. J'ai conçu, en Amérique, l'idée que j'ai exécutée aujourd'hui. Je me disais là-bas : quand je serai en Europe, je me présenterai aux yeux des miens sous les habits de l'indigence, je sonderai les caractères. Le naturel percera dans cette première apparition inattendue ; je verrai à qui je dois confier une fortune dont une bonne part appartient aux pauvres. Je rejette votre indigne sœur.

MADAME MILVILLE.

Ah ! ma tante, le monde a pu l'égarer, mais...

MADAME BONTEMPS.

J'en sais plus que vous là-dessus, ma nièce. Si vous n'étiez la douceur même, vous ne feriez, par vos observations, que m'irriter. Je suis entrée chez elle, et c'est elle qui m'y a réduite, comme par surprise. J'ai tout fait pour l'émouvoir ; j'ai supplié, j'ai pleuré, je lui ai parlé de son père ; j'ai pris non-seulement l'habit, mais l'attitude, le ton de voix, les gémissements de la misère et de la souffrance. Qu'ai-je obtenu ? Et puis, leur dureté envers vous, comment pourrais-je la pardonner, à cette sœur, à cette nièce, qui vous savaient dans une si triste position ?

MADAME MILVILLE.

Ah ! je ne leur ai jamais rien demandé.

MADAME BONTEMPS.

Vous les jugiez donc bien insensibles !

MADAME MILVILLE.

Je ne dis pas cela ; je leur pardonne de tout mon cœur, je ne me plains pas.

MADAME BONTEMPS.

Pauvre enfant, vous vous entendez bien mal à les défendre. Ce n'est pas de votre faute, mais toutes vos paroles les accusent. Brisons-là. L'heure se passe. Je voulais savoir de vous votre histoire, je voulais.. il faut que je vous quitte. Je me sens mal à l'aise, auprès de vous, ma chère, mon excellente enfant, sous ces vêtements que je m'en veux d'avoir pris, pour éprouver un cœur comme le vôtre. Je n'en rougissais pas, chez votre insolente sœur, autant que j'en ai de honte ici, près de vous. J'ai hâte de les quitter. Pardonnez-moi.

MADAME MILVILLE.

Ma bonne tante !

MADAME BONTEMPS.

J'ai pris votre déjeuner, nous souperons ensemble, à mon hôtel, rue de Richelieu, peu importe le numéro ; ma voiture viendra, dans deux heures, vous chercher, vous, les enfants, avec votre Brigitte, bien entendu. Cette fille vaut son prix, ou je ne me connais pas en physionomie. J'ai une affaire importante à terminer à l'instant même, et je vais ensuite vous attendre chez moi. Gardez mon portefeuille, que je pourrais perdre en route, et dont je n'ai que faire. Arrangez-vous de manière à pouvoir le plus promptement possible, vous installer chez moi. En tout cas, vous coucherez, vous et tout votre monde, dans mon hôtel, ce soir. Jugez, si je suis pressée, je n'ai pas le temps d'embrasser vos petites. Ah ! mais ce soir, je me dédommagerai. A bientôt, ma chère enfant. (*Elle l'embrasse et sort*).

SCÈNE XI.

Madame Milville, seule, d'abord ; puis Brigitte.

MADAME MILVILLE.

Pour avoir obéi au premier, au plus facile des devoirs, me voilà comblée par le Ciel de tous les dons de la fortune et de l'opulence. Je retrouve contre toute espérance, au moment où je m'y attends le moins, la meilleure des tantes, comme une mère, et mes enfants... mes enfants ! O mon Dieu !

BRIGITTE.

Oh ! madame, madame, miracle, miracle, miracle !

MADAME MILVILLE.

Quoi donc !

BRIGITTE.

Devinez ; mademoiselle, la grande mademoiselle votre nièce, qui monte, en personne, votre quatrième étage.

MADAME MILVILLE.

Ma nièce ! Décidément, c'est le jour aux événements.

SCÈNE XII.

Madame Milville. Hortense.

HORTENSE, *sautant au cou de sa tante.*

Bon jour, ma tante. Oh! qu'il y a longtemps que l'on ne vous a vue!

MADAME MILVILLE.

En effet, ma nièce, et je dois vous avouer que vous me surprenez singulièrement. Je ne m'attendais pas à votre visite.

HORTENSE, *air précieux, câlin, minauderies.*

Si vous saviez quelle vie nous menons! Il faudrait que les journées fussent de quarante-huit heures pour suffire à tout ce que nous avons à faire; ce sont des détails qui n'en finissent pas. Mais, voyons, comment vous portez-vous?

MADAME MILVILLE.

Merci, beaucoup mieux... grâce au régime que je suis.

HORTENSE.

Ah! tant mieux. J'en suis ravie. Nous voulions vous envoyer notre médecin. (*Elle rit avec une affectation de précieuse.*) Il est tombé lui-même malade. Tout le monde ici, comme je vois, a été promptement rétabli.

MADAME MILVILLE.

Ma convalescence a été assez longue.

HORTENSE, *lui caressant les mains.*

Votre santé en sera plus affermie. Je vous trouve un excellent visage. Les temps ont été affreux, vous le savez. Ma mère a continuellement ses nerfs. Moi, les migraines m'assiégent; ajoutez à cela mille visites importunes, dont nous sommes excédées. Mais, c'en est fait, nous renonçons à ce tracas. Ma mère et moi, nous avons depuis longtemps dans notre tête un plan, que nous voulons enfin exécuter. Nous ne verrons plus que nos parents. Ce sont, après tout, les meilleurs amis que l'on puisse avoir dans ce monde. (*Elles s'asseient*).

MADAME MILVILLE.

Ils devraient l'être au moins.

HORTENSE.

Ma chère tante, pourquoi nous négliger à ce point, ne pas venir nous voir ? Vous avez plus de temps que nous.

MADAME MILVILLE.

C'est au nom de votre mère que vous parlez ?

HORTENSE.

Je me joins à ma mère. Elle serait venue avec moi vous voir aujourd'hui, mais elle est sortie, pour la première fois depuis longtemps, pour une affaire de la plus haute importance, et elle m'a dit en me quittant, qu'elle était fort en colère contre vous, et fort affligée de ce que vous paraissez l'oublier. Je vous redis ses paroles.

MADAME MILVILLE.

Le reproche est admirable, je me suis présentée cinq ou six fois de suite à sa porte ; elle n'était pas visible.

HORTENSE.

Pour vous ! ma tante, pour vous ! ah ! vous ne ferez pas à ma mère l'injure de le penser. Permettez, si elle a donné des ordres, vous n'y étiez sûrement pas comprise. C'est la faute de notre portier, le plus lourd butor ! En tout cas, je vous demande la grâce de ma mère, ma bonne tante. Je vous assure qu'elle a aujourd'hui bien du tracas, et qu'elle viendra vous voir demain, si elle ne le fait pas avant ce soir. Oubliez le passé.

MADAME MILVILLE.

Je ne vous ai jamais fait mauvais accueil, ma nièce ; quant à votre mère, elle sait bien quel est mon cœur pour elle, et je ne crois pas avoir besoin de faire des protestations.

HORTENSE.

Vous êtes, dans votre solitude, dans votre chère et paisible retraite, heureuse et tranquille?

MADAME MILVILLE.

Oh ! je ne m'ennuie pas ; mon aiguille, quelques bons livres... je trouve les journées trop courtes.

HORTENSE.

Des livres ! je vous reconnais bien là, ma tante, et vous avez bien raison. Oh ! je vous ferai passer des nouveautés piquantes, que l'on nous envoie de toutes parts, et que je ne lis pas. Est-ce que j'en ai le temps? Hélas ! quand jouirai-je d'un peu de loisir pour savourer à mon aise, comme vous le faites, les délices de la littérature ! Ah ! c'est là que réside le vrai contentement de l'ame ! voilà les vraies jouissances de l'ame ! Vous êtes bien heureuse, en comparaison de nous. Vous n'avez rien qui vous tracasse, qui vous inquiète, qui vous irrite, qui vous expose, malgré vous, à faire de ces choses... (*Lentement, et avec beaucoup d'hésitation jusqu'à la fin*) qu'on regrette plus tard, qu'on ne ferait pas, si l'on n'était pas de mauvaise humeur. On a de l'humeur, malgré soi. Alors, quand des personnes viennent vous voir, pour peu que l'on soit contrarié... on accueille mal, vous comprenez, ma tante.

MADAME MILVILLE, *fin sourire*.

Oui, je comprends.

HORTENSE.

Oh ! la part du hasard est là-dedans très-grande.

MADAME MILLEVILLE.

Malheureusement.

HORTENSE.

On est de bonne humeur, on reçoit bien les gens; on est de mauvaise humeur, alors... A propos, ma tante...

MADAME MILVILLE.

Après?

HORTENSE, *elle ouvre et ferme sa marquise à plusieurs reprises et la manie en tous sens, dans toute cette partie de la scène, pour dissimuler son émotion.*

Avez-vous vu ma grand'tante qui revient d'Amérique?

MADAME MILVILLE.

Elle sort d'ici.

HORTENSE, *embarrassée et saisie.*

Elle sort d'ici!... Ah!... elle sort d'ici.

MADAME MILVILLE.

Un instant à peine avant votre arrivée, ma nièce; je m'étonne que vous ne l'ayez pas rencontrée dans la rue.

HORTENSE, *même jeu, et cherchant à ricaner.*

Oh! elle nous a joué un tour facétieux, plaisant, original. Elle est tout à fait drôle, ma grand'tante.

MADAME MILVILLE.

Vous trouvez?

HORTENSE.

Imaginez-vous qu'elle s'est présentée chez nous sous les habits d'une mendiante. Ma mère, dans ce moment-là, essayait de régler des comptes, elle était au milieu de tous ses papiers, ajoutez à cela qu'elle venait de recevoir de mauvaises nouvelles; moi, j'étais tourmentée; une domestique que nous aimons beaucoup, et qui est dangereusement malade, vous comprenez, vous qui êtes si bonne ; nous n'avons pas accueilli notre pauvre tante, comme il aurait fallu ; mais sans doute qu'elle oubliera ce malheureux quart d'heure. Nous comptons bien réparer cette inattention. Il faut en convenir aussi, c'est là une originalité un peu forte, surprendre les gens de cette manière ! Est-ce qu'elle a eu recours à la même feinte auprès de vous?

MADAME MILVILLE.

Oui, ma nièce.

HORTENSE.

Et vous ne vous y êtes pas laissé prendre ?

MADAME MILVILLE.

Je ne sais pas ce que vous entendez par là.

HORTENSE.

Vous lui avez donné des secours ?

MADAME MILVILLE.

J'ai fait ce que j'ai pu pour la soulager.

HORTENSE.

Ah ! vous avez été bien inspirée. Vous aviez donc deviné ce qu'elle était réellement sous son costume si misérable?

MADAME MILVILLE.

Je n'ai rien eu à deviner. Elle m'a dit qu'elle était ma tante, et je l'ai reconnue.

HORTENSE.

Personne ne vous avait avertie de sa fortune ?

MADAME MILVILLE.

Qui m'en aurait avertie?

HORTENSE.

Ah! vous avez le coup d'œil plus fin, plus pénétrant que le nôtre.

MADAME MILVILLE.

Elle a pris une tasse de café avec moi ; elle avait faim, je vous assure. Quand elle a été bien restaurée, elle m'a dit, pauvre tante, il me semble que je l'entends encore : j'ai pris votre déjeuner, nous souperons ensemble à mon hôtel. Elle m'a aussi remis son portefeuille ; je vous le dis, ma nièce, pour deux raisons ; je me sens poussée, c'est plus fort que moi, à publier les bienfaits de ma tante, et je ne veux pas non plus avoir de secrets pour votre mère, pour ma sœur. (*Elle montre le portefeuille*).

HORTENSE.

Voyons, voyons ce que renferme ce portefeuille.

MADAME MILVILLE.

Je ne l'ai pas encore ouvert.

HORTENSE, *après avoir visité le portefeuille.*

Mais, ma tante ! ma tante ! voilà des effets pour plus de six cent mille francs. On n'a jamais rien vu de pareil. Comment ! elle vous a donné tout cela pour une tasse de café ? C'est incroyable. Moi, malheureusement, j'avais pris mon chocolat.

MADAME MILVILLE.

J'ai voulu lui rendre son portefeuille.

HORTENSE.

C'est comme moi, ce matin ; ni ma mère, ni moi n'en avons voulu. (*Elle fait un geste de rage*).

MADAME MILVILLE.

Elle me l'a mis dans cette poche, elle m'a forcée à le garder.

HORTENSE, *rendant le portefeuille à sa tante.*

C'est singulier, ce portefeuille pourtant ne sent pas mauvais. Et vous allez souper à son hôtel. Savez-vous la rue?

MADAME MILVILLE.

Non, sa voiture doit venir nous prendre.

HORTENSE.

Ainsi vous ne connaissez pas encore sa demeure ; eh bien ! je vais vous en instruire. Rue de Richelieu, un hôtel magnifique, et un train de maison !... Et venir sous un habit de mendiante, demander l'aumône, tendre la main, pour exciter, je veux dire, tromper la compassion ! Ah ! c'est là une conduite indécente ! (*Geste de rage*).

MADAME MILVILLE.

Je ne crois pas, en effet, qu'on se soit jamais avisé d'une telle métamorphose.

HORTENSE.

Cela ne devrait pas être toléré, ma tante ; car, si cette mode s'introduisait une fois dans le monde, on ne saurait bientôt plus à qui l'on doit certains égards.

MADAME MILVILLE.

On prendrait le parti, alors, d'en avoir pour tout le monde.

HORTENSE.

Ma bonne tante, vous avez tout crédit sur l'esprit de ma grand'tante, je vous en prie, parlez-lui pour nous.

MADAME MILVILLE.

Je l'ai déjà fait, ma nièce, et Dieu m'est témoin que, si cela ne dépend que de moi, ce jour sera pour toute la famille un jour de bonheur.

HORTENSE.

Si elle eût dit un mot de son état, nous l'aurions reçue à bras ouverts. Attendez, il faudrait lui dire que tout ce que nous avons fait n'a été qu'un jeu ; que nous savions, ma mère et moi, qu'elle était riche, et que nous avons voulu, nous aussi, de notre côté, jouer la comédie. Qu'en dites-vous ?

MADAME MILVILLE.

Cela ne prendrait pas.

HORTENSE, *piquée, embarrassée.*

Ah ! cela ne prendrait pas. Eh bien ! dites-lui... Tenez, ma chère petite tante, si vous étiez à notre place, et nous, à la vôtre, mais il n'est rien que nous ne fissions, ma mère et moi, pour vous rendre le service, que nous vous demandons aujourd'hui.

MADAME MILVILLE.

Je vous promets d'employer et les raisons, et les prières, pour que le passé soit enseveli dans le silence.

HORTENSE.

Nous comptons aller ce soir lui demander à souper. Elle verra bien alors que nous n'avons pas voulu l'offenser, ce matin. Mais nous l'aimons de tout notre cœur. Si vous saviez tout ce que ma mère me disait, et d'elle, et de vous aussi, ma bonne tante ! Que de fois nous nous sommes entretenues de vous deux ! Sa générosité envers vous nous la rend encore plus chère ; n'oubliez pas surtout de le lui dire... (*Elle se lève.*) Ménagez-vous bien, ma chère tante ; prenez soin de votre santé, je vous en conjure. Et les chères petites ? elles s'amusent. L'heureux âge, où l'on est sans souci, sans inquiétude ! Vous les embrasserez bien pour moi. Ne prenez pas ceci pour une visite de cérémonie, point du tout. C'est une nièce qui vous aime de tout son cœur, et qui vient vous le dire. Depuis un mois, je guettais l'instant d'être libre. Adieu, adieu, ma tante. Ne sortez pas, l'air est froid. Nous nous reverrons. (*Elle l'embrasse.*) À bientôt. Dès ce moment, nous ne passerons pas un jour sans vous voir, c'est une chose arrêtée. (*Elle sort, et madame Milville rentre dans l'autre pièce*).

ACTE TROISIÈME.

LA VALEUR DE L'HABIT.

Chez madame Bontemps. Magnifique salon. A gauche, une table, des flambeaux, des bougies allumées ; des albums, des livres. Près de cette table, un fauteuil. Plusieurs fauteuils à droite.

SCÈNE I.

Madame Bontemps. Madame Milville. Brigitte. Sophie. Amélie.

Madame Bontemps entre la première et madame Milville lui donne le bras ; la grand'tante caresse, tout en se promenant, la main de sa nièce ; la grand'tante a une riche toilette ; les autres personnages ont les toilettes du second acte. Brigitte tient les deux enfants par la main. Tout le monde a le nez en l'air, et regarde la magnificence de l'appartement.

MADAME BONTEMPS.

Que pense de tout ceci mademoiselle Brigitte ?

BRIGITTE.

Madame, je pense beaucoup. Ces vestibules, ces escaliers, ces *colidors*...

MADAME BONTEMPS.

Il faut dire, corridors, mademoiselle Brigitte. Continuez.

BRIGITTE, *faisant la révérence.*

Ces corridors, ces chambres, ces salons, ces vastes appartements, je pense, madame, que cela me suffira pour mon usage personnel.

MADAME BONTEMPS.

Et vous, ma nièce, qui ne dites rien ?

MADAME MILVILLE.

Je suis trop heureuse, pour penser. Laissez-moi sentir, et me taire.

MADAME BONTEMPS.

Et toi, Sophie ?

SOPHIE.

Oh ! que c'est beau ! J'ai faim, ma grand'tante.

MADAME BONTEMPS.

Et toi, Amélie ?

AMÉLIE.

Oh ! que ça brille, comme tout est reluisant ! Ma grand' tante, j'ai soif.

MADAME BONTEMPS.

Brigitte, menez-les à l'office.

BRIGITTE.

Par où, déjà ? Ah ! de ce côté ; je sens l'odeur d'ici. Madame, j'oubliais de vous dire que la cuisine me paraît convenable.

MADAME BONTEMPS.

Ainsi vous êtes contente ?

BRIGITTE.

On peut, nous le savons bien, se contenter à moins. Enfants, je vais vous montrer ce qu'on boit et ce qu'on mange ici. La maison est bonne.

MADAME BONTEMPS, *aux enfants.*

Mais venez donc auparavant, que je vous embrasse encore! (*Elle embrasse les enfants, qui sortent avec Brigitte*).

SCÈNE II.

Madame Bontemps. Madame Milville.

MADAME BONTEMPS, *rondement, en maîtresse femme.*

Maintenant, ma nièce, ouvrez vos deux oreilles, et comprenez-moi bien : ici, vous n'êtes pas chez moi, et moi je ne demeure pas chez vous. Je ne veux pas être sur vos épaules ; vous êtes ici, chez vous : mon appartement n'est pas loin ; je vous avoue que pour ce soir, je n'ai pas le courage de me calfeutrer chez moi, mais j'ai mon chez moi, tout près, que je vous montrerai, En attendant, il faut bien que je vous installe (*Madame Milville lui baise les mains.*) Quand il y aura de la brouille entre nous, (ce qui sera toujours de ma faute, je le confesse par avance), il y a moyen de se barricader, chacune de son côté ; on se débrouille, on se débarricade, voilà.

MADAME MILVILLE, *à part.*

Je n'ose lui parler de ma sœur.

MADAME BONTEMPS.

Depuis un mois, j'ai fait tout arranger, me tenant bien cachée d'ailleurs, ne sortant guère que pour voir mes fournisseurs et un certain monsieur Boursicault, mon agent de change. Or, comme chez monsieur Boursicault je n'ai jamais parlé que d'affaires à négocier, et, chez les fournisseurs, que des emplettes qu'il me fallait, personne, parmi les plus intéressés, ne s'est douté du retour en France de la tante et de la grand'tante. Le tour est bien joué. Pour me désennuyer, dans ma solitude, j'ai fait meubler, tapisser, orner, arranger ; l'argent à la main, et à Paris, j'ai été servie promptement, et à souhait.

MADAME MILVILLE.

J'ai toujours votre portefeuille, ma tante.

MADAME BONTEMPS.

Et moi, votre or, ma nièce ; et je le garde. (*Elle lui donne une petite tape sur la joue*).

SCÈNE III

Les mêmes. Une domestique.

LA DOMESTIQUE, *à madame Bontemps.*

Madame, on est allé vous chercher dans votre ancien logement ; voici une carte qu'on y a laissée ; voici une autre carte apportée ici par une dame qui ne s'en est allée qu'après vous avoir attendue fort longtemps. (*Elle remet les deux cartes.*) Les deux cartes portent le même nom.

MADAME BONTEMPS, *lisant les deux cartes.*

Madame Dortigni. — Comment a-t-elle pu savoir mon adresse ? — Madame Dortigni. — Quelle platitude ! Ainsi elle a fait deux courses pour venir me trouver. Je me trompe, trois courses ; elle aura sûrement été me trouver, rue de la Huchette, où elle se sera cassé le nez.

LA DOMESTIQUE.

Madame Boursicault voudrait absolument vous parler.

MADAME BONTEMPS.

Madame Boursicault ? que peut-elle avoir à me dire ? Faites entrer. (*La domestique sort*).

MADAME MILVILLE.

Ma bonne tante, vous le voyez, ma sœur...

MADAME BONTEMPS.

En voilà assez, ma nièce, je sais comment j'ai été reçue par votre sœur. Je ne comprends pas par quel subit changement complet d'idées et de sentiments elle court sitôt après moi. Si vous aviez eu le temps de l'avertir de la réalité de ma position, je croirais que c'est vous qui me jouez ce tour-là.

MADAME MILVILLE.

Vous sortiez à peine de chez moi, que ma nièce, Hortense, venait m'embrasser, et m'exprimer tous les regrets de sa mère et les siens.

MADAME BONTEMPS.

Voilà qui est étrange : qui a pu, si tôt, les informer de ma position ? Elles en ont été informées assurément.

SCÈNE IV.

Madame Boursicault. Madame Milville. Madame Bontemps. La domestique qui introduit madame Boursicault, approche un fauteuil et sort.

MADAME BOURSICAULT, *saluant tour à tour les deux dames.*

Madame... Madame, j'ai bien l'honneur de vous saluer.

MADAME BONTEMPS.

Asseyez-vous, madame.

MADAME BOURSICAULT, *à part.*

Il ne s'agit pas de faire des sottises ici, mais de rendre service aux amies. — Vous vous êtes bien portée, madame, depuis que j'ai eu l'honneur de vous voir ?

MADAME BONTEMPS.

Mais oui, madame, je vous remercie de l'intérêt que vous portez à ma santé. Je ne vous demande pas des nouvelles de la vôtre, votre visage me répond d'avance.

MADAME BOURSICAULT, *embarrassée.*

Je vous remercie, oui, je me porte bien. (*A part.*) Comment aborder la conversation ? Cela n'est pas difficile.

J'ai beaucoup d'esprit. (*Haut*) Dieu, qu'il fait chaud! Il fait bien chaud aujourd'hui.

MADAME BONTEMPS.

Je ne m'en étais pas aperçue, madame, mais je le crois, puisque vous me le dites.

MADAME BOURSICAULT.

Voilà un bien bel appartement. Hum!

MADAME BONTEMPS.

Hum!

MADAME BOURSICAULT.

Vous ne devez pas regretter l'Amérique, à Paris, avec tous les moyens d'y passer l'existence dans le confortable et le luxe.

MADAME BONTEMPS.

On est bien partout, madame, une fois qu'on a de véritables amis. L'aisance d'ailleurs ne gâte rien.

MADAME BOURSICAULT.

J'oubliais de vous dire que monsieur Boursicault m'a chargée de vous faire tous ses compliments.

MADAME BONTEMPS.

J'aurai l'avantage de le voir un de ces jours. En attendant, madame, veuillez l'assurer de tout mon respect.

MADAME BOURSICAULT, *embarrassée*.

Hum!

MADAME MILVILLE.

Hum! hum!

MADAME BONTEMPS, *à madame Milville*.

Vous êtes enrhumée, ma nièce.

MADAME BOURSICAULT.

Madame est votre nièce ? Oh ! mais alors elle est parente de madame Dortigni, que je connais beaucoup.

MADAME BONTEMPS.

Vous connaissez la famille Dortigni, madame ?

MADAME BOURSICAULT.

Depuis quatre ans ; je vois ces dames très-souvent. Je dîne fréquemment avec elles. Leur cuisine est très-bonne.

MADAME BONTEMPS, *montrant madame Milville.*

Et vous ne connaissiez pas madame ?

MADAME BOURSICAULT.

Je ne me rappelle pas avoir eu l'avantage de la voir.

MADAME BONTEMPS.

Madame est la propre sœur de madame Dortigni.

MADAME BOURSICAULT.

Vraiment ! madame Dortigni a une sœur ! madame est la tante d'Hortense, alors ?

MADAME BONTEMPS.

Naturellement.

MADAME BOURSICAULT, *à madame Milville.*

Madame, permettez que je vous présente mes devoirs. (*Salut réciproque.*) Je venais précisément pour...

SCÈNE V.

Madame Bontemps. Madame Milville. Madame Boursicault. Une domestique.

LA DOMESTIQUE, *à madame Bontemps.*

Madame, pardonnez-moi, mais il faut absolument que vous preniez la peine de sortir un moment. Je suis persuadée que vous me pardonnerez de vous avoir dérangée.

MADAME BONTEMPS.

Qu'est-ce que c'est ?

LA DOMESTIQUE.

Une bonne action à faire ; vous verrez mieux en venant vous-même.

MADAME BONTEMPS.

Mesdames, excusez-moi. (*Elle sort*).

SCÈNE VI.

Madame Milville. Madame Boursicault.

MADAME MILVILLE, *vivement, à mi-voix.*

C'est vous qui avez averti ma sœur de la position de fortune de ma tante.

MADAME BOURSICAULT, *étonnée.*

Mais...

MADAME MILVILLE.

Et vous venez ici pour réparer le malheur qui est arrivé.

MADAME BOURSICAULT, *d'un air hébêté.*

Mais...

MADAME MILVILLE.

Je suis la meilleure amie de ma sœur. Je veux ce que vous voulez. Ma tante peut rentrer d'un moment à l'autre. Comprenez-moi bien, ma bonne dame. Vous n'avez vu, ni ma sœur, ni ma nièce, depuis huit jours.

MADAME BOURSICAULT.

Mais, je vous assure que je les ai vues toutes deux, ce matin, puisque c'est moi qui leur ai dit...

MADAME MILVILLE.

Ah ! mon Dieu, je le sais bien. Je n'ai pas le temps de vous expliquer longuement les choses.

MADAME BOURSICAULT.

Je m'en vas vous les expliquer moi. Vous êtes la sœur de madame Dortigni, qui m'a fait, ce matin, ce qu'on appelle des colles, parce que je suis son amie. Vous êtes la nièce de madame Bontemps, qui n'a rien fait depuis ce matin que de débiter ses colles à madame Dortigni et à vous, jusqu'à ce que, de guerre lasse, elle vous a dit enfin la vérité. Il paraît que c'est dans la famille. Vous éprouvez le besoin de mentir aussi.

MADAME MILVILLE.

Ah ! mon Dieu, que dites-vous là ? Je ne sais plus où j'en suis. Je voudrais réconcilier ma sœur avec ma tante. Je ne voudrais pourtant pas mentir. J'ai horreur du mensonge, madame.

MADAME BOURSICAULT.

Il y paraît. Moi, cela me fait rire. Ça ne me fâche pas ; mais c'est drôle. Vous me connaissez à peine, et la première parole que vous me faites l'honneur de m'adresser, c'est pour me dire de faire une colle à votre tante.

MADAME MILVILLE.

Si depuis huit jours vous n'aviez vu ni madame Dortigni, ni Hortense, ce ne serait pas vous qui les auriez averties de la fortune de ma tante, et ma tante pourrait croire à la sincérité de leur affection. Voilà ce que je pensais ; mais non, à la grâce de Dieu ! Pas de mensonge, mais, tenez, allez-vous-en, madame Boursicault. Pas de mensonges, mais ne dites rien. Ah ! mon Dieu, j'entends du bruit, ma tante revient. Je vois bien que vous n'avez pas l'habitude de faire des visites à ma tante. Vous êtes venue pour l'inviter à dîner ; invitez-la réellement. Je vous en prie.

MADAME BOURSICAULT.

Eh bien ! en voilà une qui est sans gêne ! — Oh ! cette

idée ! Écoutez : vous allez voir ce que vous allez voir. Je l'invite, je vous invite, et puis, écoutez de toutes vos oreilles. Vous verrez à quoi sert un bon conseil.

SCÈNE VII.

Madame Bontemps. Madame Milville. Madame Boursicault.

MADAME BONTEMPS.

Je suis à vous, madame, je vous demande pardon de m'être ainsi retirée. Ah ! mon Dieu, ce que c'est que la misère ! Une pauvre mère de famille, quatre enfants, le mari, un pauvre ouvrier malade, les huissiers au milieu de tout cela, pour quinze francs, trente-sept centimes. Enfin, vous disiez donc, madame...

MADAME BOURSICAULT, *regardant madame Milville.*

Je venais, au nom de monsieur Boursicault et au mien, madame, vous prier de nous faire l'honneur d'accepter notre dîner, jeudi prochain, à six heures. C'est aujourd'hui, samedi, j'espère qu'aucun engagement ailleurs ne vous empêchera.

MADAME BONTEMPS.

Impossible, madame ; nous partons demain pour la campagne, ma nièce et moi. Je suis on ne peut plus sensible... (*A part.*) Dîner de réconciliation. Que signifie ce regard de ma chère nièce Milville ?

MADAME BOURSICAULT.

Je regrette, madame...

MADAME BONTEMPS.

C'est moi qui regrette, madame, que vous ayez pris inutilement la peine de vous déranger pour moi, la première fois que vous voulez bien m'honorer de votre visite.

MADAME BOURSICAULT.

J'aurais été si heureuse de voir réunie autour de vous, à la table de l'amitié, une famille qui vous chérit. Maintenant que j'ai l'honneur de connaître madame, je l'aurais priée de vouloir bien excuser ce qu'il y a nécessairement de brusque dans mon invitation, en ce qui la concerne, et d'accepter.

MADAME MILVILLE, *se levant.*

Madame, vous avez entendu ma tante, et je regrette de ne pouvoir répondre...

MADAME BONTEMPS, *à madame Milville.*

Si vous vous levez ainsi, ma nièce, madame va en faire autant, et nous quitter. Elle nous accordera bien encore quelques instants. (*A part.*) On ne me fera pas croire qu'elle est venue ici pour m'inviter à dîner.

MADAME BOURSICAULT.

J'aurais été si heureuse de passer aussi la soirée en compagnie de cette bonne madame Dortigni, que je n'ai pas vue depuis huit jours, non plus que son aimable fille.

MADAME MILVILLE, *à part.*

Mon Dieu, pardonnez-moi. Oh ! quels yeux nous fait ma tante !

MADAME BOURSICAULT.

Je dis, depuis huit jours, mais il y a bien quinze jours. Ce sont de bien bonnes personnes. (*A part.*) J'ai pourtant une mission à remplir. Il faut que je remplisse ma mission.

MADAME BONTEMPS.

Monsieur Boursicault négocie leurs affaires ?

MADAME BOURSICAULT.

Ce sont d'honnêtes femmes, allez ! quelle affabilité !

quelle noblesse de caractère et de sentiments ! Cela mérite bien que l'on passe sur quelques petites inadvertances.

MADAME BONTEMPS.

De quelles inadvertances parlez-vous, madame ?

MADAME BOURSICAULT, *vivement.*

Oh ! pour cela, oui, je puis vous assurer que si c'était à refaire...

MADAME MILVILLE, *bas à madame Boursicault.*

Chut ! taisez-vous !

MADAME BOURSICAULT, *bien haut.*

Chut ! taisez-vous. Pourquoi ? C'est la pure vérité. Je le sais bien, peut-être.

MADAME BONTEMPS.

Vous le savez ?

MADAME BOURSICAULT.

Je vous certifie que la mère est dans un état à faire pitié, elle est dans le cas d'en tomber malade, et la pauvre Hortense, quand elle a su...

MADAME BONTEMPS.

Après, par qui ?

MADAME MILVILLE, *à part.*

Oh ! la malheureuse femme, qui vient tout gâter !

MADAME BONTEMPS.

Quand elle a su par qui ? quoi ?

MADAME BOURSICAULT, *perdant la tête.*

Par qui ? quoi ? eh bien ! c'est tout simple. Est-ce que je ne vous ai pas rencontrée et reconnue, quand vous descendiez l'escalier ? je suis entrée chez elles, au moment que vous en sortiez.

MADAME BONTEMPS.

Et vous leur avez dit qui j'étais ?

MADAME BOURSICAULT.

Sans doute.

MADAME BONTEMPS.

Vous leur avez dit cela, ce matin, parce que vous ne les avez pas vues depuis quinze jours. Et maintenant, vous venez de leur part, m'apporter l'expression sincère de leur profond regret, de leur amère douleur, et de leur repentir on ne peut plus désintéressé.

MADAME BOURSICAULT.

Oui, c'est là la commission dont je me suis chargée.

MADAME BONTEMPS, *riant.*

Allons donc, madame, on parle, on s'explique, et l'on vous entend.

MADAME BOURSICAULT.

C'est cela même. Eh bien ! franchement, vous prenez la chose comme il faut la prendre. Dans le monde, entre parents, est-ce que l'on fait attention à des bagatelles ? (*A part. — Elle rit, elle se promène en se frottant les mains.*) J'ai réussi au delà de mes espérances.

MADAME BONTEMPS ; *elle prend dans ses deux mains la tête de madame Milville et la baise par derrière, sur les cheveux.*

Vous avez bien joué, ma nièce, quoique vous ayez perdu. Vous n'êtes pas de force. J'ai menti, le bon Dieu m'a puni.

MADAME BOURSICAULT.

Eh bien ! voyons : que leur dirai-je ? Elles ont eu quelques torts envers vous.

MADAME BONTEMPS.

Quelques torts ! le mot est joli.

MADAME BOURSICAULT.

Elles veulent tout réparer ; si elles se rendent auprès de vous, si elles vous conjurent d'oublier le passé, consentirez-vous à les recevoir ?

MADAME BONTEMPS.

Madame, je ne veux pas vous faire deux refus en une heure. Je les recevrai. Vous pourrez dire, dans le monde, que je n'ai agi ainsi, que par égard pour vous.

MADAME BOURSICAULT.

Vous êtes bien la plus aimable femme que je connaisse. Oh ! comme elles vont être enchantées ! Je vais donc leur porter l'agréable nouvelle de votre réconciliation. (*A part.*) Je suis fière de moi ; ma mission est remplie. Oh ! mais, j'ai réussi ! j'ai réussi ! Mesdames, votre très-humble servante.

SCÈNE VIII.

Madame Bontemps. Madame Milville.

MADAME BONTEMPS.

Elles oseront venir, venir si tôt.

MADAME MILVILLE.

Peut-on trop tôt réparer ses fautes ?

MADAME BONTEMPS, *se frottant les mains.*

Nous allons rire.

MADAME MILVILLE.

Ma tante !

MADAME BONTEMPS.

Vous avez perdu la partie, vous n'étiez pas très-bien

secondée, il est vrai, mais consolez-vous. Que pouviez-vous espérer? Vous avez menti, ma nièce, en conseillant le mensonge. C'est fort mal. Il est vrai que je vous ai donné un mauvais exemple, et, je l'avoue, ma conscience en murmure. Ne m'imitez pas en cela. Aussi bien, vous n'êtes pas de force. Si vous aviez vu de vos propres yeux comme elles m'ont reçue, vous auriez compris l'inutilité du stratagème que vous fabriquiez tout à l'heure. Quand personne ne les aurait averties de ma fortune, le moyen de croire, après l'indigne accueil qu'elles m'ont fait, qu'il y a chez elles, quelque reste d'affection ou de sentiment !

MADAME MILVILLE, *avec douceur.*

Pardonnez-nous nos offenses.

MADAME BONTEMPS.

Vous faites une confusion, ma chère enfant. Je leur pardonne de tout mon cœur. Comblée par la Providence au delà de ce que je mérite, heureuse auprès de vous, vengée d'ailleurs de ces malheureuses femmes par le ridicule qui les attend, et les remords qui les tourmentent, je n'ai contre elles, ou du moins je sens que je ne dois avoir aucune colère, aucun ressentiment. J'oublie ce qui m'est personnel dans l'injure qu'elles m'ont faite. Mais ce n'est pas moi seulement, ce n'est pas ma personne qu'elles ont outragée. Elles ont insulté à l'infortune ; elles ont accablé l'indigence sous le fardeau de leur mépris cruel ; elles ont ajouté à ses souffrances par la dureté de leur cœur. Dieu les punit ; je n'entreprends point sur les droits de Dieu seul, mais je me sépare d'elles, je m'en sépare pour toujours, voilà tout.

MADAME MILVILLE.

Mais, si leur repentir était sincère, et il est si facile de croire qu'il l'est en effet ; ma tante, je ne comprends pas ce qui s'est passé ce matin, mais je comprendrais encore moins que ma sœur ne fît pas tout au monde pour obtenir son pardon. Ma bonne tante, un jour si heureux pour moi sera-t-il donc attristé par cette menace d'une séparation éternelle ?

MADAME BONTEMPS.

Ma nièce, on vient.

MADAME MILVILLE.

Ah ! ma tante, si c'étaient elles, modérez votre colère ; ma petite tante, je vous en prie.

MADAME BONTEMPS.

Fi donc ! de la colère, pour qui me prenez-vous ? je suis chez vous d'ailleurs. Je ne me mettrai pas en colère, vous auriez le droit de me mettre, vous, à la raison. Soyez tranquille, tout se passera gentiment, poliment.

SCÈNE IX.

Madame Bontemps. Madame Milville. Madame Dortigni. Hortense.

LA DOMESTIQUE, *annonçant.*

Madame et mademoiselle Dortigni. (*La domestique sort. Aussitôt que la porte s'est ouverte, madame Bontemps s'est jetée dans le fauteuil, auprès de la table, et a pris un livre ; madame Milville reste sur le devant du théâtre*).

MADAME BONTEMPS, *à madame Milville.*

Vous permettez ma nièce, que je fasse chez vous, comme si j'étais chez moi. Je tiens là un livre qui m'attache.

MADAME DORTIGNI, *à Hortense, qu'elle pousse devant.*

Embrassez votre grand'tante, ma fille, et faites comme moi.

MADAME BONTEMPS.

Que voulez-vous, mes dames ? Vous vous trompez, sans doute....

MADAME DORTIGNI, *interdite*.

Ma tante...

HORTENSE, *mielleuse*.

Ma chère grand'tante...

MADAME BONTEMPS.

Mais il me semble qu'ordinairement on salue d'abord la maîtresse de la maison. (*Montrant madame Milville.*) Vous êtes chez madame. (*Elle se remet à lire*).

MADAME MILVILLE.

Mais asseyez-vous donc, ma sœur, et vous aussi, ma nièce, je vous en prie.

MADAME DORTIGNI.

Je vous trouve le meilleur visage du monde, ma chère sœur.

HORTENSE, *à madame Milville*.

Vous allez toujours bien, ma tante?

MADAME BONTEMPS, *tout en lisant*.

Sans compter que cela ira toujours de mieux en mieux. Oh! je l'espère bien.

MADAME DORTIGNI, *à madame Milville*.

Et les chers enfants, comment se portent-ils?

MADAME BONTEMPS, *à madame Dortigni*.

Vos chères nièces ont eu le temps de grandir, depuis que vous ne les avez vues.

MADAME MILVILLE.

Je ne vous demande pas des nouvelles d'Hortense; grâce à Dieu, elle jouit d'une bonne santé, à ce que je vois.

MADAME DORTIGNI.

Je la tiens auprès de moi, je ne la quitte pas d'un instant.

MADAME BONTEMPS, *tout en lisant.*

Pour former son esprit et son cœur. (*A madame Milville.*) Suivez l'exemple de votre sœur, ma nièce. Nos enfants sont ce que nous les faisons nous-mêmes.

MADAME DORTIGNI, *à madame Bontemps.*

Oh! je n'ai pas du tout la prétention de servir de modèle à ma sœur.

MADAME BONTEMPS, *tout en lisant.*

C'est dommage.

HORTENSE, *figurant des dessins sur le parquet avec le bout de son ombrelle.*

Vraiment, je ne peux guère m'empêcher de rire quand je pense...

MADAME BONTEMPS.

Vous pensez à quelque chose qui vous a fait rire? J'en suis. J'aime beaucoup à rire.

HORTENSE.

En vérité, le tour de ce matin est d'une espièglerie, d'une originalité.

MADAME BONTEMPS.

C'est drôle, n'est-ce pas?

MADAME DORTIGNI.

Oh! le tour est bien joué.

MADAME BONTEMPS.

Comme nous nous comprenons; c'est justement ce que je disais, madame, à madame votre sœur, quelques moments avant votre arrivée. Oui, le tour est bien joué.

MADAME DORTIGNI, *minaudant.*

Est-ce dans le Nouveau-Monde qu'on apprend ces jolies choses-là ?

MADAME BONTEMPS.

Avouez qu'on en apprend de bien plus jolies dans ce monde-ci.

MADAME DORTIGNI.

Vous avez trop d'esprit, ma tante, pour ne pas comprendre que les trois quarts de Paris y eussent été attrapés tout comme nous.

MADAME BONTEMPS.

Faites-vous l'éloge des habitants de la capitale? Ils vous doivent un remerciement.

MADAME DORTIGNI.

Mon Dieu! ma tante, nous avouons nos torts ; nous venons pour avoir l'honneur de vous offrir nos excuses, ma fille et moi.

MADAME BONTEMPS, *froidement.*

A la bonne heure. (*Elle se remet à lire*).

MADAME DORTIGNI, *à madame Milville.*

Aidez-nous, ma sœur ; faites qu'en ce jour la paix se rétablisse dans toute la famille.

MADAME MILVILLE.

Je vous assure, ma chère sœur, que c'est l'objet de tous mes vœux, que je ne désire rien tant. (*Long silence*).

HORTENSE.

On dit que c'est un beau pays que la Guadeloupe. (*Silence*).

MADAME DORTIGNI.

On dit que la Guadeloupe, c'est un beau pays. (*Silence*).

HORTENSE.

Un beau pays. (*Silence*).

MADAME DORTIGNI.

On dit que le sol en est fertile. (*Silence*).

HORTENSE.

D'une grande fertilité ; que le climat en est sain et agréable, que l'eau y est renommée.

MADAME DORTIGNI.

L'eau y est pure. (*Silence*).

HORTENSE.

Ma chère grand'tante aime beaucoup la lecture.

MADAME BONTEMPS, *dédain affecté*.

Peuh ! ce ne sont que des vers. (*Elle rejette le livre*).

HORTENSE.

Des vers ! des vers ! on en verra donc toujours, à quoi cela sert-il ?

MADAME BONTEMPS.

A quoi cela sert-il ? Eh bien ! je viens de tomber par hasard sur une pièce que je trouve excellente, et qui me fait rire, malgré moi.

MADAME DORTIGNI.

Lisez-nous-la, ma tante.

MADAME BONTEMPS.

Vous le voulez ?

HORTENSE.

Du moment que vous trouvez la pièce excellente, ma chère grand'tante, je suis sûre qu'elle est délicieuse. Ah ! la poésie, la bonne poésie ! (*Elle soupire*).

MADAME BONTEMPS, *lisant.*

Epître à mon habit.

HORTENSE.

Epître à mon habit ! Le titre est original.

MADAME DORTIGNI.

Original, oui.

MADAME BONTEMPS, *lisant.*

Ah ! mon habit, que je vous remercie !
Que je vaux aujourd'hui, grâce à votre valeur !

Que dites-vous de ce commencement, mesdames ?

HORTENSE.

C'est un peu bizarre de remercier un habit.

MADAME DORTIGNI.

C'est difficile à concevoir.

MADAME BONTEMPS.

Que de choses difficiles à concevoir, et qui pourtant sont vraies ! Qu'en dites-vous?

MADAME DORTIGNI.

Je ne voudrais pas interrompre votre lecture.

MADAME BONTEMPS.

Oh ! nous n'y perdrons rien, si vous le voulez, nous irons jusqu'au bout. (*Elle continue de lire*) :

Je me connais ; et plus je m'apprécie,
Plus j'entrevois qu'il faut que mon tailleur,
Par une secrète magie,
Ait caché dans vos plis un talisman vainqueur,
Capable de gagner et l'esprit et le cœur.

HORTENSE.

Et l'esprit et le cœur, c'est pour rimer avec vainqueur.

MADAME DORTIGNI.

Il me semble que la fin du vers, et l'esprit et le cœur : c'est bien commun ; tenez, ma chère tante, vous-même tout à l'heure vous vous moquiez de cette expression qui court les rues, former l'esprit et le cœur, on n'entend que cela.

MADAME BONTEMPS.

Je suis de votre avis, pour ce que vous dites de la vulgarité dans laquelle est tombée cette expression ; mais, en ce qui concerne l'application que le poète en fait ici, l'expression est parfaitement juste. Mais comment donc elle est d'une vérité frappante. Un bel habit inspire le respect, la considération, attire les hommages, tandis que la misère... pouah! que c'est laid la misère ; Dieu! que c'est laid la misère, pouah ! (*A Hortense.*) Si vous avez trop chaud, mademoiselle, on pourrait faire ouvrir une fenêtre.

HORTENSE, *rouge et confuse.*

Je n'ai rien, ma tante.

MADAME BONTEMPS.

Un bel habit gagne l'esprit. (*A madame Dortigni.*) Mais ce n'est pas tout, madame, il gagne le cœur. Oh ! cela est vrai dans le Nouveau-Monde comme dans l'ancien, ailleurs et ici. Qu'en dites-vous ? N'êtes-vous pas de cet avis ? (*La mère et la fille se regardent en se mordant les lèvres, et baissent ensuite les yeux.*) Je continue :

> Dans ce cercle nombreux de bonne compagnie,
> Quels honneurs je reçus ! quels égards ! quel accueil !
> Auprès de la maîtresse...

Tiens, c'est comme moi, auprès de ma chère et bonne nièce, que j'embrasse. (*Elle embrasse madame Milville*).

MADAME MILVILLE.

Vous allez vous fatiguer, ma bonne tante, si nous causions un peu...

MADAME BONTEMPS, *gaîment contrefaisant l'huissier.*

Silence!

Auprès de la maîtresse...

Vous êtes la maîtresse ici, ma chère amie, voilà qui est certain, mais laissez-moi continuer, c'est très-amusant, vous allez voir :

Et dans un grand fauteuil...

un fauteuil comme celui-ci, voyez-vous.

Je ne vis que des yeux toujours prêts à sourire.

(*Elle regarde les dames Dortigni qui s'efforcent en ce moment de sourire*). Des yeux, mesdames, qui veulent sourire, mais qui mentent d'ailleurs.

J'eus le droit d'y parler, et parler, sans rien dire.
Cette femme à grand falbala.

(*Elle regarde madame Dortigni, et rejette vivement le livre.*) Ah! ah! ah! je ne puis m'empêcher de rire.

Cette femme à grand falbala,

(*Elle reprend le livre.*) Je ne sais pas si je pourrai continuer, j'étouffe; je passe quelques vers. (*Elle déclame le reste avec chaleur et gravité*).

Ce qu'une liaison dès l'enfance établie
Ma probité, mes mœurs, que rien ne dérégla,
N'eussent obtenu de ma vie,
Votre aspect seul me l'attira.
Ah! mon habit, que je vous remercie!
C'est vous qui me valez cela.

Vous êtes bien pensives, mesdames?

MADAME DORTIGNI.

Je pense, ma tante, puisque le pouvoir de l'habit est si grand, qu'il faut faire alors comme tout le monde, s'habiller toujours du mieux qu'on peut ; il y a de la bizarrerie à faire autrement.

MADAME BONTEMPS.

C'est bizarre, soit, mais c'est prudent quelquefois.

MADAME DORTIGNI.

Enfin, ma tante, nous ne sommes venues ici, j'ai déjà eu l'honneur de vous le dire, que pour vous offrir nos excuses, nous ne vous demandons que de nous pardonner.

MADAME BONTEMPS.

Tous mes pardons sont à votre disposition, prenez, usez, abusez, ne vous gênez pas. Si vous n'êtes venues que pour cela, vous pouvez être contentes, je vous les donne de tout mon cœur. (*A madame Milville.*) Quant à vous, ma nièce, à qui je n'ai pas de pardons à octroyer, je veux pourtant vous donner tout ce qui est à votre convenance, tirez vous-même la conséquence de tout ceci.

SCÈNE IX.

Brigitte Sophie. Amélie. Madame Bontemps. Madame Milville. Madame Dortigni. Hortense.

BRIGITTE.

Madame, je vous demande bien pardon, mais voilà des enfants que je ne peux plus tenir. Ces petites veulent à toute force que je les fasse sortir, et elles viennent vous demander la permission.

MADAME MILVILLE, *aux enfants.*

C'est joli de demander ainsi à sortir ! Vous ne pouvez pas rester à la maison, le premier jour que vous passez avec votre grand'tante ?

MADAME BONTEMPS.

Allez donc les coucher. Il est près de dix heures. Elles veulent aller se promener !

BRIGITTE.

Madame, c'est de votre faute.

MADAME BONTEMPS.

Mademoiselle Brigitte, que voulez-vous dire ?

BRIGITTE.

Madame, vous avez, dans votre magnificence, donné à chacune de ces demoiselles une pièce de vingt sous ; ces demoiselles ne pourront pas dormir.

MADAME MILVILLE.

Brigitte, allez coucher les enfants, et vous vous coucherez ensuite. Vous entendez ?

MADAME BONTEMPS, *aux enfants.*

Comment, petites dépensières, vous trouvez déjà que l'argent vous gêne ?

MADAME MILVILLE.

Embrassez votre grand'tante, mes enfants, et allez vous coucher.

BRIGITTE, *à madame Milville.*

Madame, vous avez eu tort, sauf votre respect, de m'interrompre, et madame votre tante en jugera.

MADAME BONTEMPS.

Parlez, mademoiselle Brigitte, vous m'intriguez.

BRIGITTE.

Ces demoiselles n'ont jamais eu jusqu'à présent dans leur bourse que cinq centimes, un sou, à elles deux, d'où il suit qu'il leur a été difficile de donner chacune dix centimes, deux sous, à la fois. La divine providence ayant aujourd'hui enflé leurs revenus, il leur tarde d'élever également le chiffre de leurs aumônes. Elles voudraient voir, avant de se coucher, s'il n'y aurait pas, dans la rue, quelques pauvres dans un coin.

SOPHIE.

Ma grand'tante, nous lui dirons de prier pour vous.

AMÉLIE.

Oui, ma grand'tante.

MADAME BONTEMPS.

Allez vous coucher, enfants ; le bon Dieu vous tiendra compte de l'intention. Demain vous sortirez avec Brigitte, et vous ferez ce qu'elle vous dira ; entendez-vous ?

MADAME DORTIGNI.

Elles sont charmantes ces petites !

HORTENSE.

Oh ! comme elles sont mignonnes !

MADAME MILVILLE.

Dites bonsoir à votre tante, mes enfants, et à votre cousine.

SOPHIE.

Quelle est celle des deux qui est ma tante ?

MADAME MILVILLE, *la poussant sur madame Dortigni.*

Embrasse-la de tout ton cœur. (*Hortense embrasse Amélie, pendant que sa mère embrasse Sophie*).

MADAME BONTEMPS.

Que c'est touchant ! je bâille. Oh ! mais moi, quand je bâille, c'est que j'ai réellement envie de dormir. A propos de dormir, voilà des enfants qui tombent de sommeil ; ont-elles fait leur prière?

BRIGITTE.

Oui, madame, et la méditation. Nous avons médité ensemble.

MADAME BONTEMPS.

Vous avez médité, mademoiselle Brigitte (*Elle embrasse et caresse les petites filles*).

BRIGITTE.

Oui, madame ; et, comme notre livre habituel s'est trouvé absent, vu le déménagement, nous avons pris un livre d'office que nous avons rencontré à la cuisine, et nous sommes tombées sur le *Magnificat*. Nous avons médité le verset : *Esurientes implevit bonis, et divites dimisit inanes.*

MADAME BONTEMPS.

Vous savez le latin, mademoiselle Brigitte ?

BRIGITTE.

A votre service, madame, avec le français auprès. Et ce français dit : *il a comblé de biens ceux qui avaient faim, et il a renvoyé les riches les mains vides.*

MADAME MILVILLE, *impatientée.*

Laissez-nous, Brigitte.

BRIGITTE.

Pour vous obéir, madame, je vous laisse, mais je suis bien sûre que je vas continuer ma méditation toute la nuit. (*Elle sort avec les enfants*).

MADAME DORTIGNI.

Nous craindrions, ma tante, d'être indiscrètes, en restant ici plus longtemps. Nous sera-t-il permis de revenir ?

MADAME BONTEMPS, *sévèrement.*

Tant que vous voudrez, madame. Je ne désire, ni ne redoute votre visite, et je ne ferai pas ce qui se pratique dans quelques grandes maisons, je ne vous consignerai pas à la porte. Venez donc autant que vous voudrez; la grand'tante a de bons yeux. Vous jugerez, par vous-mêmes, si vous devez revenir. Pour moi, je vous pardonne de tout mon cœur.

MADAME MILVILLE, *à madame Bontemps.*

Vous ne ferez rien de plus, ma tante? Je vous en prie.

MADAME BONTEMPS, *au public.*

Messieurs, mesdames, je suis un peu têtue, je le sais, mais franchement puis-je, ce soir, en faire davantage? Laissez-moi le temps de réfléchir, et si vous êtes contents de mon tour, applaudissez.

FIN D'UN BON TOUR DE VIEILLE TANTE.

LE

JEUNE PATRIOTISME

SCÈNES DIALOGUÉES.

Une femme chrétienne et française...

PERSONNAGES :

LOUISE.
BLANCHE.
MARGUERITE.
SOPHIE.
ANNA.
JULIE.
CÉLINE.

LE

JEUNE PATRIOTISME.

SCÈNE I.

Louise. Blanche.

LOUISE.

Par mes soins, en ces lieux, le conseil va venir ;
C'est ici, mon enfant, qu'il se doit réunir.
Nous allons discuter une affaire importante.
Ce fauteuil, c'est le mien ; je suis la présidente.
(Elle s'assied et s'évente).

BLANCHE.

On vous a donc nommée ?

LOUISE.

Oui, mon enfant.

BLANCHE.

Qui ?

LOUISE.

Moi.

(Blanche fait une révérence respectueuse à la présidente, qui y répond par un geste magnifique).

Tu sais quel intérêt, ma chère, j'ai pour toi.
Tu seras mon huissier ; présidente, j'ordonne.
Toi, mon huissier, les yeux braqués sur ma personne
Tu fais régner ici le silence absolu,
Hors quand je parlerai

BLANCHE.

Sans doute.

LOUISE.

C'est conclu.
Maintenant, sauras-tu remplir ton ministère ?
(*Elle frappe sur le bras de son fauteuil*).
Ce geste te dira ce qu'il te faudra faire.
Pour comprendre à l'instant ce que de toi je veux,
Tu n'auras qu'à tenir ouverts sur moi les yeux.
Vois ce geste : aussitôt, tu dois crier : silence !
Je veux que l'ordre règne.

BLANCHE.

Oui.

LOUISE.

Sous ma présidence.

BLANCHE.

J'ai saisi.

LOUISE.

Bien, prends garde à mon commandement.
(*Elle fait le geste convenu*).

BLANCHE.

Silence !

LOUISE.

Bien.
(*Nouveau geste*).

BLANCHE.

Silence !

LOUISE.

A merveille, vraiment.
(*Elle frappe de nouveau*).

BLANCHE, *en s'animant.*

Chut, silence, silence !

LOUISE, *se levant.*

Il suffit.

BLANCHE, *avec colère.*

Quel tapage !

LOUISE.

Assez.

BLANCHE.

Chut donc !

LOUISE.

Assez, ne te mets pas en nage.

BLANCHE.

Silence !

LOUISE.

Allons, tais-toi.

(*Elle lui met la main sur la bouche*).

BLANCHE.

Silence !

LOUISE.

Il suffit, chut !

Chut, toi-même, entends-tu ?

(*Elle se rassied*).

Voici quel est mon but
Notre rassemblement n'a rien de politique.
Il s'agit d'un sujet tout à fait pacifique ;
Du divertissement de notre pension,
Pour embellir un peu la distribution.
Sujet intéressant, délicate matière,
Qui n'a rien de commun, tu vois, avec la guerre.

Il n'est rien en cela, tu le comprends fort bien,
Qui puisse concerner le peuple autrichien,
Le Piémont, l'Italie, ou Milan, ou Venise.
Je prétends aujourd'hui, de crainte de surprise,
De nature à troubler notre discussion,
Arrêter tout discours hors de la question.
La première qui veut parler d'une dépêche,
Télégraphique ou non, que ce geste l'empêche!

BLANCHE.

Silence !

LOUISE.

Allons, c'est bien. Ménage utilement,
L'harmonieux éclat de ton bel instrument,
Songe à me seconder. Ta tâche est difficile;
L'humeur patriotique est chez nous très-subtile.
Un mot, au moment même où l'on n'y pense pas,
Et la poudre prend feu : chacune, en ses ébats,
Bondit, trépigne, éclate, on dirait le tonnerre,
Chargé de nos destins près du quadrilatère.
Donc, si nous entendons souffler Montebello,
Palestro, Magenta,...

(*Elle fait le geste*).

BLANCHE.

Chut! chut!

LOUISE.

Solferino.

(*Nouveau geste*).

BLANCHE.

Silence!

LOUISE.

Entre nous deux, tout bas, vive la France,
Et l'Italie aussi! J'entends du bruit.

BLANCHE.

Silence !

SCÈNE II.

Les mêmes. Marguerite.

MARGUERITE.

Je viens auprès de vous en députation.
Les membres convoqués pour la réunion,
Vous disent, par ma voix, qu'elle est peu nécessaire.
Décidez, pour les prix ce qu'il convient de faire,
Musique, poésie, ou gymnastique, ou bal,
Vous avez carte blanche.

LOUISE.

Eh bien, ce n'est pas mal.
(*A Blanche*).
Qu'en dis-tu ? c'est poli.

BLANCHE.

Dame, ma présidente,
La séance aurait pu devenir turbulente.
Rendons grâces au Ciel qui sauve notre paix,
C'est un rare bonheur, en rompant le congrès.

LOUISE.

Il était convenu que l'on aurait séance.

MARGUERITE.

Je m'en vas.

LOUISE, *l'arrêtant.*

Je vous tiens, c'est une impertinence,
C'est une indignité, me faire cet affront !
On se réunira. Va, d'un pied ferme et prompt,
Va, mon petit huissier sommer ces demoiselles,
De se rendre céans. Maintenant où sont-elles ?

MARGUERITE.

Sur les bords du Mincio.

BLANCHE.

Sur ?

LOUISE.

Avec leur journal !
Dans un coin du jardin ; hâte-toi, c'est égal.
Enjoins-leur, de ma part, de monter tout de suite,
Que nous en finissons, va, cours et reviens vite.

SCÈNE III.

Louise. Marguerite.

LOUISE.

L'heure des prix approche, et les instants sont courts,
Notre excellent doyen viendra, comme toujours.
Pour le bien recevoir, et pour lui faire fête,
As-tu trouvé, dis-moi, quelque chose en ta tête ?

MARGUERITE.

J'y pense avec ardeur, ma chère, et je crois bien
Qu'à force de chercher je ne trouverai rien.

LOUISE.

C'est qu'aussi... Tiens ! qu'as-tu ? comment t'es-tu blessée ?
Tu souffres, je t'ai pris la main, je t'ai pincée ;
Je t'ai, sans le vouloir, fait du mal.

MARGUERITE.

Nos soldats
Souffrent bien autrement, hélas ! dans les combats.

LOUISE.

Tu t'es coupé le doigt ?

MARGUERITE.

Par pure maladresse.

Ce n'est rien. Ce bobo me remplit de tristesse,
Je pense à tant de sang, à ce sang généreux,
Qui coule à gros bouillon, dans un carnage affreux.

LOUISE.

Ton linge se défait. Donne ta main, ma chère
Le canif coupait bien.

MARGUERITE.

Ma blessure est légère.

LOUISE, *en lui arrangeant le doigt.*

Réglons donc, entre nous, la distribution.
Il est temps d'y penser.

MARGUERITE.

Tu n'as que trop raison.

LOUISE.

On ne termine rien, quoi que l'on se propose ;
On se laisse entraîner à parler d'autre chose.
Mais, voyons, du sujet ne nous écartons pas :
Autrement, nous serions toujours dans l'embarras.

MARGUERITE.

C'est vrai.

LOUISE.

L'on peut d'abord mettre un chœur de musique.

MARGUERITE.

Mais il faut chanter juste.

LOUISE.

Oui, j'aime ta réplique.
Ensuite, un dialogue.

MARGUERITE.

Au doyen destiné,
Il le faut d'un fin style, élégamment tourné.

LOUISE.

Bien pensé, délicat, sans être trop sévère.

MARGUERITE.

Je ne me charge pas, entre nous, de le faire.

LOUISE.

Mais laisse donc ton doigt.

MARGUERITE.

Tu me serres trop fort,
Ah ! si j'étais là-bas, j'irais avec transport,
À travers les boulets, les bombes, la mitraille,
Relever les blessés tombés dans la bataille.

LOUISE.

Pauvres gens ! du courage, appuyez-vous sur moi.

MARGUERITE.

Qu'as-tu ?

LOUISE.

Ne bougez pas, mon brave, restez coi.
Votre blessure, ami, n'est pas du tout mortelle ;
Elle est grave pourtant, que la guerre est cruelle !
Laissez que je vous panse.

MARGUERITE.

Elle perd la raison.

LOUISE, *elle lui met un flacon sous le nez.*

Pauvre zouave, hélas ! meurtri par le canon,
Et couché dans son sang sur la terre étrangère !
Je veux avoir pour vous tous les soins d'une mère ;
Reprenez dans mes bras, la force, la santé ;
Bon zouave, je suis la Sœur de Charité.

MARGUERITE.

As-tu bientôt fini ?

LOUISE.

Je rêvais. L'on s'avance.
Chut, pas un mot !

BLANCHE.

La cour !

LOUISE.

Nous ouvrons la séance.

SCÈNE IV.

Anna. Marguerite. Louise. Sophie. Céline. Julie. Blanche. Toutes s'asseyent dans cet ordre, excepté Blanche, la dernière à droite du spectateur, laquelle reste debout.

LOUISE.

Je demande l'honneur de présider la cour.

ANNA.

Je ne tiens qu'à parler.

LOUISE.

Chacune aura son tour.
Tout d'abord je vous veux tirer d'inquiétude ;
Je comprends sur ce point votre sollicitude,
Le membre que j'entends ici nous révéler,
Mesdames, qu'avant tout il ne tient qu'à parler
Exprime les désirs de l'assemblée entière,
Et nous remercions la digne conseillère.
(*Salut réciproque.*)
Toutes, nous parlerons. Huissier, restez debout.
Je déclare à la cour, que j'ai su prévoir tout.
Madame est notre huissier.

BLANCHE.

Je serais plus à l'aise,
Si j'avais un fauteuil, ou, du moins, une chaise.

LOUISE.

Huissier, votre discours est fort impertinent.

BLANCHE.

J'ai mal aux jambes.

LOUISE.

Chut ! détail inconvenant.

CÉLINE.

Eh ! laissez-le s'asseoir.

LOUISE.

Consultons l'assemblée,
Que par elle, à l'instant, l'affaire soit réglée.
Veuillez lever la main, celles qui sont d'avis,
Mesdames, que l'huissier peut demeurer assis.
(*Blanche et Céline seules lèvent la main.*)
Huissier, vous n'avez pas voix délibérative,
Baissez la main. La cour est pour la négative.
Vous resterez debout.

BLANCHE.

Moi, debout ! c'est trop fort ;
J'en appelle.

LOUISE.

La cour juge en dernier ressort.
Pour cet éclat fâcheux elle vous réprimande.
Si vous recommencez, je vous mets à l'amende.
La cour connaît l'objet de la réunion.
Il s'agit de régler la distribution.

ANNA.

J'ai rêvé cette nuit, que j'étais cantinière,
Et je rafraîchissais nos braves à la guerre.
Je volais dans les rangs, prompte, alerte et sans peur.
Je leur distribuais la goutte au champ d'honneur.

LOUISE, *frappant sur son fauteuil.*

A quoi rêvez-vous donc, huissier ?

BLANCHE.

Je suis madame ;
Madame m'électrise, et je brandis ma lame
A tout événement, car je veux protéger
Et sa goutte et ses jours que je vois en danger.

LOUISE.

A l'autre !

MARGUERITE.

Elle a raison.

ANNA.

Buvez, buvez, mes braves,
Artilleurs, grenadiers ; buvez, chasseurs, zouaves :
A tous, je fais gratis la distribution.

LOUISE.

Ce discours n'a pas trait à la discussion.

ANNA.

Je ne veux aucun prix quand je sers la vaillance.

LOUISE.

A l'ordre !

CÉLINE.

Tiens ! pourquoi ?

LOUISE, *à Blanche.*

Mais criez donc silence

CÉLINE.

Par exemple !

BLANCHE.

Silence !

CÉLINE.

Un si beau sentiment...

LOUISE.

N'est pas dans le sujet.

(*A Anna*).

Parlez uniquement...

ANNA.

Mais...

LOUISE.

Sur la question.

ANNA.

Je dis...

LOUISE.

Assez.

CÉLINE, *à Louise.*

Madame.

LOUISE, *à Céline.*

Ce n'est pas votre tour de parler.

CÉLINE.

Je réclame...

JULIE, *à Louise.*

Madame, écoutez-moi.

BLANCHE.

Silence.

LOUISE, *à Julie.*

Taisez-vous,

Ce discours belliqueux met sens dessus dessous

Le calme, le bon sens, la liaison logique...

ANNA.

A bas la présidente avec sa rhétorique !

LOUISE.

En voici bien d'une autre ! On n'en sortira pas.

BLANCHE.

Second Solferino ! Quel horrible fracas !

SOPHIE, *à Louise.*

A qui la faute ? A vous.

JULIE.

A bas la présidente !

ANNA.

A l'unanimité !

JULIE.

Bravo !

LOUISE.

Soyons prudente.

SOPHIE.

Il convient avant tout de vider l'incident.

LOUISE.

Ici, chaque orateur doit être indépendant,
Je le sais : mais, voyez ce que je vous propose :
Simple motion d'ordre : il faut, sur toute chose,
De l'ordre : laissez-moi vous dire un mot ou deux,
Afin de prévenir un trouble scandaleux.
Je vois, à mes côtés, une austère personne
D'un jugement profond, qui souvent nous étonne.
Ecoutez, sur ce point, ce qu'elle vous dira.

MARGUERITE.

Ecoutons.

LOUISE.

Et la cour, après, décidera.
Il s'agit de savoir si notre vivandière
Etait dans le sujet : terminons cette affaire.

SOPHIE.

Je volais dans les rangs, prompte, alerte et sans peur :
Je leur distribuais la goutte au champ d'honneur ;
Voilà ce qu'elle a dit : quand je sers la vaillance,
Je ne veux pas de prix.

ANNA.

Tout gratis, pour la France !

SOPHIE.

Elle a parlé de prix, de distribution ;
Elle n'était donc pas hors de la question.

JULIE.

Moi, je suis de l'avis de la préopinante.

CÉLINE.

Et moi de même.

MARGUERITE.

Et moi. La preuve est concluante.

LOUISE.

Eh bien ! les bras levés marquent l'adhésion.
(*Toutes lèvent le bras, excepté la présidente*).
Le discours dont il s'agit traitait la question.
L'incident est vidé. — Mesdames, le temps presse
Et vous savez déjà que c'est votre sagesse
Qui doit déterminer ce qu'on déclamera,
De la prose ou des vers ? Quels chœurs on chantera,
Ici, le jour des prix. Quelle pièce tragique
Ou comique on pourrait adjoindre à la musique.
Il faut nous concerter pour que tout aille bien.
Notre bon président ne critiquera rien :

Mais il a de l'esprit autant qu'une ame bonne ;
Certes je n'ai pas peur qu'il se fâche et sermonne,
Tout rouge ; mais enfin, s'il est chéri de nous,
Si, près de lui, toujours le temps nous paraît doux,
Si chacune, en ces lieux, et l'aime et le vénère,
Comme on respecte un saint, comme on chérit un père,
Je dis que nous devons méditer, réfléchir
Sur les meilleurs moyens de le bien divertir.

JULIE.

Approuvé ! C'est parfait.

CÉLINE.

Vive la présidente !

SOPHIE.

Son discours est superbe ; elle est fort éloquente.

LOUISE.

Notre doyen m'est cher, et je parle du cœur.

ANNA.

Style nerveux, gaillard.

LOUISE.

Prouvons-lui notre ardeur.

JULIE.

Comment la lui prouver ? Voilà toute l'affaire.

MARGUERITE.

Comment ?

JULIE.

Si vous voulez une phrase plus claire,
Que ferez-vous, c'est là qu'est la difficulté.

ANNA.

C'est là comme le fort qui doit être emporté,
D'un bond, résolument, ferme, à la baïonnette.

LOUISE.

Enfin, vous comprenez qu'il serait malhonnête
De dire uniquement à notre bon doyen :
Nos prix ! merci. Partez. Allez-vous-en. C'est bien.
Et, d'un autre côté, si, croyant le distraire,
Malgré tous nos efforts concertés pour lui plaire,
Nous allions l'endormir, quelle confusion,
Quel chagrin, quelle honte, hélas ! pour la maison !
Une pièce pourrait nous paraître comique,
A nous, non pas à lui. L'ennui le prend, le pique,
Il se lève, ô douleur, le voilà qui s'en va.

BLANCHE.

Oui, mais moi, votre huissier, je l'arrête, et voilà !

LOUISE.

Discours fort déplacé, qu'il faut que l'on rétracte.

SOPHIE.

Au contraire, la cour à son huissier donne acte
Des propositions dont nous sommes témoins,
Et dit s'en reposer d'avance sur ses soins.

CÉLINE.

Nous requérons la cour qu'elle accorde une chaise
A son vaillant huissier, pour le mettre à son aise,
Et lui prouver ainsi la satisfaction
Que vient de nous causer sa proposition.

(*Toutes lèvent la main; Blanche s'assied*).

LOUISE.

Riez, en attendant, qu'est-ce que l'on décide?

CÉLINE.

Tiens, je n'ai plus de linge.

JULIE.

Et moi, ma poche est vide.

MARGUERITE.

Il faudrait égayer la distribution
D'un petit drame en vers.

CÉLINE.

Je n'ai plus un chiffon.

ANNA.

J'y voudrais de l'esprit avec du grandiose.
Moi, le majestueux me plaît sur toute chose.

JULIE, *à Céline.*

Avec de vieux torchons...

CÉLINE.

Oui, le Gouvernement
En demande partout. Tiens, j'ai là, justement...

LOUISE, *à Céline.*

Tu parles donc toujours? on dirait une pie.

CÉLINE.

Je ne vous parle pas ; je fais de la charpie.

LOUISE.

A quoi rêvez-vous donc, huissier?

BLANCHE.

Tiens, c'est à moi
Que vous vous en prenez ; je n'y puis rien, ma foi.

LOUISE.

Il s'agit de nos prix, voilà notre matière.
Silence, au premier mot qui rappelle la guerre,
Silence, sur-le-champ, silence.

BLANCHE.

J'ai compris.

LOUISE.

Enfin, que ferons-nous ici, le jour des prix?

CÉLINE.

Nous irons à la messe, et, pleines d'espérance
En le Dieu tout-puissant qui protége la France,
Nous lui demanderons de conserver la paix,
Doux et glorieux prix du courage français.

BLANCHE, *sur un geste que fait Louise.*

Silence !

ANNA.

A bas l'huissier !

CÉLINE.

C'est la paix que j'implore.

JULIE.

A bas la présidente ! Un beau feu nous dévore,
Nous, mais elle est de marbre, et d'un chaud sentiment
Elle ne connaît pas le doux entraînement ;
Son cœur est froid et sourd à la voix qui nous crie :
Voyez, voyez grandir en ces jours la patrie.
Pour elle, oubliez tout, vos travaux et vos jeux.
En quels jours a-t-on vu des combats plus fameux ?
Pour un plus noble but, une ardeur plus sublime ?
En face du canon, soldat plus magnanime ?
Et, lorsque l'ennemi s'enfuit épouvanté,
En quels jours a-t-on vu la douce charité,
Déplorant les fureurs de la mêlée horrible,
Changer plus fier lion en agneau plus paisible ?

LOUISE.

Ah ! pour qui me prend-on ?

SOPHIE.

Je répondrai pour toi,
Et tu ne seras pas mécontente de moi.
Mesdames, le discours que nous venons d'entendre,
Ne présenterait rien que l'on y dût reprendre,

S'il était seulement l'éloge mérité
De la valeur française et de la charité.
Mais j'y vois à regret l'élan patriotique
Egaré par l'excès d'une injuste critique ;
J'applaudis à l'élan qui sort d'un noble cœur ;
Je condamne l'excès, fruit d'une noire humeur.
Qui serait insensible en voyant notre France
Unir tant de valeur avec tant de prudence ;
Malgré tout ce qui peut flatter l'ambition,
Montrer au monde ému tant d'abnégation ?
Quand on l'entend crier aux peuples, à l'histoire :
Je ne réclame rien, ne veux rien que la gloire,
Et pour des intérêts qui ne sont pas les miens,
Je vous offre mon or, mon sang, mes citoyens !
Qui n'admirerait pas ces assauts héroïques,
Ces luttes de géants, ces combats homériques ;
Et, ce qui plaît à Dieu plus qu'un bras indompté,
Ce respect des vaincus, cette prompte bonté,
Même envers l'ennemi qui ne veut pas se rendre,
Mais ne se soutient plus, ne peut plus se défendre :
C'est la mort qu'il attend ; un chrétien, un français
L'envoie à qui résiste ; à qui tombe, jamais.
Qui de nous n'est émue en pensant à ces choses ?
Oui, si nous n'avons pas des lauriers et des roses
Pour les faire pleuvoir sur des fronts glorieux,
Dieu lit dans le secret des cœurs silencieux.
Pour chérir la patrie, il n'est pas nécessaire
De troubler le repos du ciel ni de la terre,
Par des gestes bruyants et des contorsions.
Des attaques de nerfs et des convulsions ;
De s'étaler aux yeux, de crier d'importance,
En montant sur les toits : Voyez, j'aime la France !
Allez, qu'on se le dise et que l'on sache bien
Que ce cœur qui bat là, c'est un chaud citoyen :
Voyez mon bras, ce sang qui coule dans mes veines,

Chapeau bas, c'est le sang des grecques, des romaines,
Obus, bombes, boulets, je ne crains rien du tout ;
Ah ! c'est un fameux sang qui dans mes veines bout !
Non ; grave et doux enfant d'un pur christianisme,
Paisible autant que fier, le vrai patriotisme
Se nourrit de ses feux, sans chercher de témoins,
Telle en parle le plus qui les ressent le moins :
C'est un amour sacré ; sincère, il est immense,
Impossible à traduire, il chérit le silence.
C'est une noble ardeur dont la sublimité
Trouve aux plus beaux discours trop de vulgarité ;
La patrie ! il n'est point de geste, de langage,
Qui soit à la hauteur d'une si sainte image !
Qui l'aime, la respecte et n'en dit rien, de peur
De trahir son amour, de profaner son cœur.
Ainsi, telle de nous que l'on croirait glacée,
A l'amour du pays exaltant sa pensée,
Se tait comme le prêtre, aux pieds du saint autel,
Se recueille et brûlant s'élève à l'Eternel.
Religieux amour, amour austère et tendre,
Dont nulle parmi nous ne saurait se défendre ;
Non, je ne le crois pas.

LOUISE.

Merci !

CÉLINE.

Merci !

ANNA.

Merci !

JULIE.

Elle a raison.

(*A Louise*).

Ta main !

LOUISE.

De grand cœur, la voici.

ANNA.

Achève ton discours.

SOPHIE.

Je redeviens muette,
A quoi bon discourir puisque la paix est faite ?

ANNA.

C'est dommage ! mais non je te ferai parler ;
Moi, d'abord, je me sens d'humeur à quereller.

CÉLINE.

Quereller ! ce propos ! fi donc ! est malhonnête.

MARGUERITE.

Je ne querelle pas, j'aurais mal à la tête.

JULIE.

Quand je vois disputer, je détourne les yeux.

BLANCHE.

C'est fatigant, et puis c'est fort disgracieux.

ANNA.

Si l'on peut prodiguer le mépris et l'injure
Au plus piquant des dons que nous fit la nature !
Se quereller, c'est vivre : on sent, par tout le corps,
Une douce chaleur qui détend les ressorts ;
Le sang bien fouetté circule dans les veines,
Ce qui fait qu'on n'a plus à craindre les migraines ;
Tout s'agite, on transpire, et l'on se porte mieux.
Bras et jambes, tout va des pieds jusqu'aux cheveux.
La narine se gonfle avec un bruit farouche.
C'est superbe, cent mots jaillissent de la bouche,
Cent mille par minute, et quelle expression !
Trouvez mieux pour vous rompre à l'élocution ;

On s'échauffe, on s'irrite, on ne tient plus en place,
On va se dévorer, voilà que l'on s'embrasse.
On redispute après, à perpétuité,
C'est très-bon pour les mœurs, très-bon pour la santé.
Que peut faire après tout, le sexe, je vous prie,
Le sexe féminin, pour servir la patrie?

CÉLINE.

O blasphème!

ANNA.

La femme est nulle en temps de guerre,
On refuse un briquet, même à la cantinière.
Rien ne nous est permis, rien, même au régiment;
Disputons dans la paix par dédommagement.

CÉLINE.

Non, ne disputons pas.

ANNA.

Je te comprends d'avance :
Il faut baisser les yeux et garder le silence.
C'est là que se réduit toute notre vertu.
L'air discret, l'œil éteint, le visage abattu,
Les bras au corps collés, n'ouvrir jamais la bouche,
Avoir de mouvement juste autant qu'une souche,
Une momie, un marbre, un bloc égyptien,
Qui se chauffe au soleil sans dire jamais rien,
Ou bien, ce qui vaut mieux, tenir, quoi qu'il en coûte,
La poitrine rentrée avec le dos en voûte,
Les mains jointes toujours, entendre avec froideur
Ces mots, ces mots brûlants : patriotisme, honneur,
C'est la perfection ; l'ardeur patriotique
Serait fort mal séante à la vierge pudique :
Elle n'a d'autre soin, d'autre occupation,
Que de voir ses péchés avec componction.

CÉLINE.

Allez, la langue, allez ! dans tout ce verbiage,
Je laisse de côté le simple badinage.
J'y démêle un amour de servir son pays ;
C'est un bon sentiment, j'y réponds et je dis :
Les phrases, les discours, sont plus ou moins frivoles ;
C'est par des actions, et non par des paroles,
Que se prouve l'amour dont on est pénétré,
Voilà mon premier point : je le crois démontré.
Mon second, maintenant : que peut faire une femme
Pour servir son pays qu'elle chérit dans l'ame ?
Donner des coups de sabre, et tirer le canon ?
Croiser la baïonnette ? en avant, marche ? — Non.
Si l'étranger jamais menaçait notre France,
Les femmes, le passé nous en répond d'avance
Marcheraient au besoin, dans un pressant devoir.
Mères, filles, courraient, non, pour se faire voir,
Non, pour se distinguer, mais par patriotisme.
En France on ne peut pas distinguer l'héroïsme.
On peut bien distinguer les moins forts des plus forts,
On peut bien distinguer des blessés et des morts,
On peut bien distinguer ceux qui, dans les batailles ,
Répandent autour d'eux le plus de funérailles ;
Mais dire à quels vaillants il faut donner les prix
Destinés au courage, à l'amour du pays,
Non, c'est à faire à Dieu. La France, on doit le croire,
La France n'est pas riche assez pour tant de gloire.
Hommes, femmes, vieillards, enfants, à qui la croix ?
Tous, pour vaincre ou mourir, s'élancent à la fois.
Ne disputons donc pas le prix de la vaillance,
Et cherchons, dans la paix, à bien servir la France.
Une femme, chrétienne et française, comprend
Quels devoirs lui prescrit sa dignité, son rang ;
Elle n'affecte pas la vertu la plus haute :
A son zèle, il suffit de n'être pas en faute.

Elle n'écoute pas une inquiète ardeur,
Mais, chrétienne et française, elle défend l'honneur
De ces titres sacrés que sa vertu rehausse.
Fidèle à son amour, qu'aucun excès ne fausse,
A son pays fidèle, et fidèle à son Dieu,
Modeste, mais active, en tout temps, en tout lieu,
Elle a précisément la vertu nécessaire
Pour faire, sans fracas, ce qu'il convient de faire.
Certes, nous admirons ces sublimes transports
Qui, sur le champ d'honneur, affrontent mille morts ;
Mais, laissons-les venir les jours de l'héroïsme.
Nos armes, en faisceaux, lisons le catéchisme.
Ce courage paisible, et vulgaire et discret,
Ce sacrifice obscur, ce dévouement secret
Qui ne s'offre qu'à Dieu, sans vivre dans l'histoire,
Pour faire moins de bruit, n'est pas moins méritoire.
Sachons nous contenter, s'il ne faut rien de plus,
De l'ordinaire train des communes vertus.
Notre tâche modeste est belle ; qu'on y pense,
Les femmes, c'est l'esprit, c'est le cœur de la France ;
C'est la religion qu'on retrouve au foyer.
Aux hommes, l'action qui les fait guerroyer,
Mais à nous, de la paix jalouses sentinelles,
A nous le sentiment, les douces étincelles
Qui, pénétrant les cœurs d'un pur, d'un saint amour,
Les élèvent à Dieu, vers l'éternel séjour.
Sous notre toit tranquille, au sein de la famille,
Dieu veut que nous soyons cette lueur qui brille
Au fond du sanctuaire, et qui ne s'éteint pas,
Consolant les douleurs qu'on épanche tout bas.
Calmer les noirs chagrins dont une ame est atteinte,
Ramener les regards vers la céleste enceinte ;
Répandre autour de soi le parfum des vertus
Qui rendent la santé, même aux plus abattus,
Sans orgueil et sans crainte, aller d'un pas paisible,

Sans discours, sans sermons, être la foi visible,
Si bien que l'humble toit, de chacun respecté,
Paraisse un temple saint par Dieu même habité,
Où, dans l'ombre et tout bas, la famille attendrie
S'entretient de la France, et pour la France prie,
Voilà la mission que nous fait le Seigneur.
Oui, nous avons aussi, nous, notre champ d'honneur.
Il faut lutter parfois, pour que, dans notre empire,
L'égoïsme étouffé, la charité respire,
Et refoulant au loin tout mesquin sentiment,
A l'amour du pays s'allie uniquement,
Livrons donc ces combats, et que Dieu nous seconde
Pour la paix, pour la gloire et le salut du monde !

SOPHIE.

Bravo.

LOUISE.

C'est bien pensé !

MARGUERITE.

J'approuve avec transport.

JULIE.

Tu vois pour l'applaudir tout le monde d'accord.

ANNA.

Tout le monde ?

BLANCHE.

Oui, bravo.

ANNA.

Vous parlez à votre aise.

BLANCHE.

Quoi, tu veux disputer.

ANNA.

Moi, chrétienne et française,

A mon pays fidèle et fidèle à mon Dieu,
Moi, je suis très-modeste et ne cherche en tout lieu,
En tout temps, qu'à montrer la vertu nécessaire
Pour faire, sans fracas, ce qu'il convient de faire.
Je crois qu'il s'agissait, si je m'en souviens bien,
De préparer l'accueil à notre bon doyen.
Or, les très-beaux discours que nous venons d'entendre,
Ne nous ont pas trop dit quels moyens il faut prendre.

LOUISE.

Elle a raison, pourtant.

BLANCHE.

Oui, madame a raison,
Par hasard, par esprit de contradiction.

LOUISE.

N'importe. Cette fois, chacune étant bien sage,
Discutons, décidons, sans tarder davantage,
Je mets d'abord aux voix s'il faut un compliment.

MARGUERITE.

Oui.

ANNA.

Non.

JULIE.

Oui.

BLANCHE.

Non.

CÉLINE.

Oui.

SOPHIE.

Non.

ANNA.

Je n'en veux nullement.

LOUISE.

Pourquoi ? quelles raisons ?

ANNA.

Raisons thermométriques,
Qui saisissent... la peau ; motifs atmosphériques.
Un compliment ! ô ciel ! avec cette chaleur !
Pour son plus grand plaisir, l'aller mettre en sueur !
C'est un assassinat qu'ici l'on nous propose ;
Je chéris sa santé. Je demande autre chose.

LOUISE.

Soit. Mais que ferons-nous ?

ANNA.

Je vous laisse y penser.

LOUISE.

Si nous voulons finir, il faut bien commencer.
Nous ne commençons rien.

MARGUERITE.

Son éloge, j'y pense,
Peut-il se terminer, une fois qu'on commence ?

BLANCHE.

A quoi bon tant d'efforts, se rompre le cerveau,
Pour chercher à grands frais, à dire du nouveau ?
Il connaît notre amour, notre respect sincère :
Venez, asseyez-vous, ici, comme un bon père ;
Voilà, quand il viendra, ce que nous lui dirons,
Et puis, selon le temps, nous improviserons
La tournure à donner à notre simple fête.
D'abord, je lui dis tout ce qui me trotte en tête.

ANNA.

Sauve qui peut !

BLANCHE.

On l'aime, à quoi bon tant d'apprêts ?
Il ne trouvera pas nos élans indiscrets.

LOUISE.

Bien. Moi, je lui dirai, sans craindre sa colère,
Le rêve que j'ai fait, tenez, la nuit dernière.
A nous sept, nous battions un corps autrichien ;
Comme il nous conduisait, il s'en souviendra bien.

SOPHIE.

Il... qui ?

LOUISE.

Lui.

ANNA.

Lui ? Qui donc ?

LOUISE.

Lui, c'est clair, ce me semble :
Celui que nous voulons fêter toutes ensemble ;
Celui dont les accents ont versé dans nos cœurs,
Avec la charité, de sublimes ardeurs.
Il était là, debout, brave, solide, austère,
Calme, sans affecter des airs de militaire ;
Nulle de nous, au feu, ne pensait à plier,
Car il nous commandait, le prêtre chevalier.
Comme autour du drapeau, veillant sur sa personne,
Nous le défendions bien ; notre garde était bonne.
Avec quelle fureur nous l'aurions su venger !
Nous courions à l'envi, pour le mieux protéger.
(*Elle montre Blanche*).
Madame que voici, d'un courage admirable,
Nous battait le tambour, elle était effroyable.
Lui, nous crie : aux canons ! culbutez l'ennemi,
Ce que nous avons fait, mais non pas à demi.

Les canons rugissants vomissaient la mitraille,
Mais la mort contre nous ne faisait rien qui vaille.
(*Elle montre Julie*).
La dame que voilà, saute, s'assied dessus,
Les ferme avec la main, le boulet ne sort plus.
L'Autrichien se trouble à voir notre furie,
Il recule, victoire! à nous la batterie,
Que nous traînons bien vite aux yeux de l'empereur,
Et chacune de nous reçoit la croix d'honneur.
Sa Majesté nous dit : vous servez bien la France,
On m'avait signalé déjà votre vaillance :
Je connais la valeur de votre pension,
Et je compte sur vous en toute occasion.
Moi, je baise ma croix ; de plaisir je frissonne.
Hélas! derlin, derlin, derlin, la cloche sonne,
Je m'éveille, ma croix me glisse sous le bec,
Je me lève trop tard, on me met au pain sec!

BLANCHE.

Rien ne manque à ta gloire, et tu me fais envie.
Un vainqueur au pain sec, martyr de la patrie!

JULIE.

Sublime mouvement, quel ton, quel à propos!
Mesdames, nous pouvons terminer en deux mots.
(*Elle montre Blanche*).
Vous avez entendu cet organe sonore,
Et de ses yeux jaillit le feu qui la dévore.
Elle a déjà parlé d'improvisation,
Chargeons-la de régler la distribution,
Comme elle l'entendra ; d'ordonner notre fête,
De la rendre charmante.

BLANCHE.

Il suffit, je suis prête ;
Oui, je serai charmante, il n'y manquera rien,

Et je le charmerai. — Chut ! monsieur le doyen !
Il entre, on le salue, et toutes font silence.
Il s'assied, je me lève, et vers lui je m'avance.
— Ne vous attendez pas à me voir un jupon
Gonflé, c'est ridicule, on dirait un ballon.
Je n'aurai pas non plus une robe trop plate,
Pour qu'on dise de moi, regardez cette latte.
Enfin, je serai bien. — Je m'avance. — Il faudra
Me faire des frisons, mais le coiffeur viendra.
Je m'avance. — Ah ! d'abord je suis intimidée,
Aussi, c'est ennuyeux de se voir regardée.
— Tout sera bien cousu, par en bas, par en haut,
Mes agrafes tiendront, j'espère, comme il faut.
Me voilà sur l'estrade, et mon discours commence.
Je me trompe : d'abord je fais la révérence.
— Dame, quand on a pris des leçons de maintien,
On doit s'en faire honneur, surtout près du doyen.
— Approchez, mon enfant, parlez, parlez sans crainte.
— Ah ! ce n'est pas le mal dont notre ame est atteinte,
En ce jour de bonheur, si longtemps souhaité,
Qui vous conduit vers nous, ô père respecté !
Nous aimons, avec vous, le sacrifice austère,
Les saints recueillements, la divine prière ;
Nous aimons avec vous, à voir l'encens pieux
Monter vers le Seigneur ; brûlant des mêmes feux,
Nous unissons nos voix à votre voix chérie,
Pour louer avec vous, Dieu, Jésus et Marie ;
Bénissez nos plaisirs, nos jeux, notre gaîté ;
Si la Foi, l'Espérance avec la Charité,
Si la patrie et Dieu, si quelque noble image
Donne quelque chaleur, même à ce badinage,
Bénissez les efforts qu'un pur et vif amour,
Pour vous faire sourire, a tentés en ce jour.

FIN.

www.ingramcontent.com/pod-product-compliance
Lightning Source LLC
LaVergne TN
LVHW012009220826
846092LV00001B/290

* 9 7 8 2 3 2 9 7 7 3 2 6 1 *